Vakantievrienden

Linda van Rijn

VAKANTIEVRIENDEN

1

'WIJ GAAN ZWEMMEN!'

In een wervelwind van handdoeken en roze rugtassen kwamen Roos en Femke Zuidkerken voorbij.

Hun moeder Mieke lachte om haar dochters. 'Wat slepen jullie allemaal mee?'

'Nou, gewoon.' Roos rimpelde haar neus. 'Spullen.'

Mieke keek naar de rugtassen en vermoedde daarin zes boeken en tekenpapier, maar ze haalde haar schouders op. Het was vakantie, waar maakte ze zich druk om. 'Oké, tot straks. Om half vijf terug, hè!'

'Ja-haa', zei Femke. 'Dat heb je al vijf keer gezegd. Doei, tot straks!'

De meiden sprongen op hun fietsen en reden weg over het knerpende grind. Mieke keek hen na en glimlachte. Het leek nog maar zo kort geleden dat ze voor het eerst met de meiden op vakantie gingen, toen ze nog niet eens een jaar oud waren. Naar Luxemburg gingen ze, de kinderen achter in de auto in hun Maxi-Cosi's. En nu, negen jaar later, wilden ze in hun eentje naar het zwembad.

Ze merkte dat Thom achter haar kwam staan. Mieke keek om. Hij hield haar blik even vast, ze wist dat ze hetzelfde dachten. Ze glimlachte even. Hoewel ze het best zwaar had gevonden met twee baby's, en ze zeker de voordelen zag van iets grotere kinderen, werd ze altijd een beetje melancholisch van dit soort gedachten.

'Kom, we gaan lekker lezen', zei Thom. Mieke knikte. Dat was nou een van die voordelen. In de eerste vier jaar met de tweeling had ze hooguit vijf boeken gelezen.

Ze verschoof haar campingstoel naar een plek in de schaduw en pakte haar boek, een thriller waarop ze zich had verheugd. Thom was verdiept in zijn iPad. Hij had in een telefoonwinkel een kaartje gekocht waarmee hij met dat ding op internet kon en nu zat hij voortdurend te surfen.

'Het is duidelijk komkommertijd', mompelde hij. 'Het belangrijkste nieuws is dat er weer een of ander wild beest op de Veluwe is gesignaleerd. Net als die poema van een paar jaar geleden.' Hij schudde even zijn hoofd. 'Volgens mij heeft dat hele beest nooit bestaan.'

Mieke humde. 'Ze verzinnen elk jaar wel wat.'

'Op het Tjeukemeer wordt gezocht naar twee opvarenden van een zeilbootje dat is omgeslagen', las Thom het overige nieuws voor. 'Het weer veranderde ineens van stralend zonnig in noodweer.' Hij tikte wat dingen aan. 'Het is sowieso slecht weer in Nederland. Er komt nog veel meer regen aan.'

Mieke keek naar de lucht, die strak blauw was. Het was bijna dertig graden en regen was er in dit gebied al weken niet gevallen. Het was moeilijk voor te stellen dat het thuis van dat rotweer was.

Thom was alweer met een ander bericht bezig. 'Moet je horen: ze zijn de dader op het spoor van de moord op die vrouw, een paar jaar geleden. Je weet wel, die op klaarlichte dag dood in haar huis werd gevonden. Nu denken ze ineens dat het toch haar man is.'

'Welke moord?' Er waren er zoveel, helaas.

'Dat was toch een paar jaar geleden in Haarlem, dat er op een gewone middag een vrouw in haar eigen huis werd vermoord. Haar man vond haar toen hij thuiskwam. Ze hebben het nooit kunnen oplossen, maar Haarlem was een paar weken in rep en roer, omdat iedereen bang was dat die moordenaar nog een keer willekeurig zou toeslaan. Ze hebben destijds de echtgenoot van het slachtoffer ondervraagd, maar hij is nooit als verdachte aangemerkt. Tot nu.'

'O', zei Mieke. 'Heftig.' Ze pakte haar boek weer op. Thom was blijkbaar klaar met het nieuws lezen en ging verder met de sportuitslagen. Hij las de standen van een of andere belangrijke tenniswedstrijd voor, maar Mieke luisterde niet. Ze had pas twee pagina's gelezen, maar het boek begon al spannend te worden.

Ineens klonk vlak bij haar een hard geluid. Ze schrok en sprong op. 'Wat was dat?'

Thom was ook van zijn stoel gesprongen en liep om de tent heen. 'Shit, het achterste deel is ingestort!'

Mieke volgde hem. Het deel van de vouwwagen dat al rechtop stond als je hem openklapte, stond nog overeind. Maar het deel dat aan de binnenkant door tentstokken omhoog werd gehouden, en aan de buitenkant vaststond met scheerlijnen en haringen, was nu in elkaar geklapt.

Ze zuchtte. Al bij het opzetten had ze haar twijfels gehad over de constructie. 'Misschien had je de haringen moeten vastzetten.'

Thom reageerde meteen geërgerd. 'Misschien had je het zelf moeten doen, als je het allemaal zo goed weet.'

Mieke rolde met haar ogen en zweeg veelbetekenend. Het had geen zin om op Thoms opmerking te antwoorden. Alsof dat een optie was, dat ze zelf de tent had opgezet. Alsof Thom geen controlfreak was die alles beter meende te weten.

'Als jij binnen die stok overeind houdt, sla ik de haringen opnieuw in de grond.'

Zonder iets te zeggen liep Mieke om de tent heen naar binnen. Ze pakte de tentstok, die nu uit twee losse delen bestond, en zette hem weer recht. Buiten hoorde ze Thom rommelen met de scheerlijnen. Af en toe kwam er spanning te staan op het tentdoek, maar dan liet hij weer los.

'Heb je die stok nou vast of hoe zit het?' riep hij na een paar minuten, nog steeds geïrriteerd.

'Ik heb hem de hele tijd al vast', beet ze hem toe. 'Ik vraag me af wat jij aan het doen bent met die haringen.'

'Ik probeer de scheerlijn strak te krijgen. Als we gewoon nieuwe scheerlijnen hadden gekocht, zoals ik had gezegd, waren we al klaar geweest.'

Mieke keek naar haar knokkels, die wit waren van hoe hard ze haar hand dichtkneep rond de tentstok. Frustratie verspreidde zich vanuit haar buik door haar hele lijf, maar ze hield zich in. Daarnet was het even gezellig geweest, maar al de hele vakantie lag dit op de loer: ergernis, irritaties, harde opmerkingen die alleen maar bedoeld waren de ander te kwetsen. Ze wilde de goede sfeer bewaren, het kostte alleen heel veel moeite. Maar straks zou de tweeling terugkomen uit het zwembad en ze wilde niet dat ze iets van de gespannen sfeer zouden merken.

Ze hoorde de slagen waarmee Thom de haringen stevig vast hamerde.

Ze veegde een haarlok uit haar plakkerige gezicht. Het was binnen minstens vijfendertig graden, veel te warm om zich op te winden.

'Oké, hij staat.' Thom kwam om de hoek van de tent. 'Laat maar los.'

Mieke liep de tent uit. Ze plukte twee roze jurkjes van de grond en stopte ze in de waszak. Die was bijna vol, ze zou morgen bij de receptie wasmachinemuntjes moeten kopen en dan kijken of ze een van de wasmachines in het toiletgebouw kon claimen. Als ze het zo inschatte, moest ze zeker drie wassen draaien. De meiden hadden er een handje van om op vakantie drie keer zoveel kleren als thuis vies te maken. En dat was knap, gegeven het feit dat ze het grootste deel van de tijd in hun zwemkleding liepen.

Ze keek toe hoe Thom voor de tent zijn shirt uittrok en op een campingstoel deponeerde. Roos en Femke hadden hun klein duimpje-gedrag niet van een vreemde. Ze voelde nieuwe irritatie opkomen. Zij had ook vakantie, waarom scheen Thom zich daar niets van aan te trekken? Vanochtend had hij haar nog een veeg uit de pan gegeven omdat hij vond dat het een troep was in de tent. En dat met die haringen was uiteraard ook haar schuld geweest.

Ze schudde haar hoofd en propte nog wat kleren in de waszak. Het was een rommeltje in de tent, haar boek moest maar even wachten. Ze stapelde plastic kampeerbordjes op en zette ze in de afwasteil. Er vielen kruimels op de grond, ze veegde het grondzeil aan met de "heksenbezem", zoals de tweeling het ding noemde. Ze controleerde de temperatuur van de koelelementen en stelde vast dat ze eigenlijk de andere elementen moest ophalen, die ze bij het campingwinkeltje had laten invriezen. Ze ging door de inhoud van de koelbox. Geen vlees. Dan moest het nog maar even met de inmiddels niet meer zo koele elementen die erin zaten. De groente zou het wel overleven. Ze keek op haar horloge. Iets na half vier. Aan het eind van de middag zou ze wel met de meiden naar het campingwinkeltje lopen om inkopen te doen voor het eten van vanavond en de andere koelelementen op te halen. Dat vonden ze nog leuk ook. In haar hoofd begon ze al een boodschappenlijstje te maken. Roos had vanochtend het laatste restje chocopasta op een stokbroodje gesmeerd, waarover Femke een halfuur had zitten pruilen tot Thom er een eind aan maakte door te dreigen dat ze niet naar het zwembad mochten als ze niet zouden ophouden met zeuren. Maar ze moest niet vergeten nieuwe Nutella te kopen om gedoe morgenochtend te voorkomen.

Ze schudde haar hoofd. Vakantie was bedoeld om te ontspannen, maar dat was haar op een paar korte momenten na in de afgelopen vijf dagen nog niet gelukt. Er leek een knoop in haar schouders te zitten die uitstraalde naar haar rug en hoofd en daar een onophoudelijk zeurende hoofdpijn veroorzaakte. De andere knoop zat in haar maag, maar dat was al maanden het geval. Ze merkte het nauwelijks nog. Dat ze geen hap door haar keel kreeg, was ook niet nieuw. Ze was al tien kilo afgevallen. Ironisch genoeg zei Thom daardoor vaker dan anders dat ze er goed uitzag. Een opmerking waar ze zich alleen maar aan ergerde. Ze was nooit dik geweest, ook niet na de zwangerschap van de tweeling. Dat kon de reden niet zijn, dacht ze bitter. Wat de reden dan wel was, daar was ze nog steeds niet achter.

Er was zoveel waar ze niet achter was. Of het waar was dat het maar twee keer was gebeurd. Of de vele telefoontjes in de avonduren echt werkgerelateerd waren. Of hun huwelijk eigenlijk nog wel te redden was. Of deze vakantie, waarin ze zoals Thom het had verwoord "de schouders eronder zouden zetten", wel zo'n goed idee was. Of de te blije relatietherapeute gelijk had toen ze zei dat dat een heel goed idee was. En vooral: of de trut met wie Thom het bed had gedeeld echt vijfendertig jaar was geweest en niet, om het cliché compleet te maken, vijftien jaar jonger. Voor zover zij wist, kon het iedereen zijn. Thom had haar een naam gegeven, maar ze wist niet of die klopte. Op google had die in elk geval geen hits opgeleverd, wat apart was voor iemand die net als Thom in de reclamewereld werkte. Maar die vermoedens uitspreken had geen zin, wist Mieke. Ze had het weleens gedaan, maar Thom ging daar niet op in. Hij verweet haar alleen maar dat ze niet wilde vechten voor hun huwelijk, zoals ze had beloofd.

Ja, dat had ze beloofd. Wat moest ze anders? Scheiden? Natuurlijk was die gedachte door haar hoofd gegaan. Meer dan eens. Toen ze Thom met het sms'je had geconfronteerd en hij het niet meer kon ontkennen, was ze ervan overtuigd geweest dat haar huwelijk aan diggelen lag. Met dat idee had ze een week geleefd, ook al smeekte Thom haar om geen overhaaste beslissingen te nemen, om hem te vergeven, om hun relatie nog een kans te geven. Voor hem, maar vooral voor de kinderen. Ze wilde toch geen gebroken gezin voor de tweeling? Een omgangsregeling? Twee vakanties, twee verjaardagen, twee keer Sinterklaas, kerst – twee levens?

Nee, dat wilde ze niet, had ze besloten. Eén slippertje. Nou ja, twee slippertjes. Dat moesten ze toch wel te boven kunnen komen? Het wás ook een hectische periode geweest, met Thoms nieuwe baan en de zorg voor twee opgroeiende kinderen. Er was weinig tijd voor hun samen geweest, seks had weken – of misschien wel maanden – niet op de agenda gestaan. Ze was bereid toe te geven dat ze hun huwelijk misschien wel een beetje hadden laten versloffen. Daar was ze zelf ook debet aan, ook al paste ze ervoor om Thoms overspel haar schuld te laten zijn. Ze dacht weer aan die relatietherapeute, die ze uiteindelijk hadden ingeschakeld. Die had hen verboden te denken in termen van schuld, wat Mieke nogal makkelijk gezegd vond. Het was haar ook niet echt gelukt. Hoewel ze wist dat ze zelf ook heus weleens tekort was geschoten, verweet ze Thom toch echt de knauw die hun huwelijk had opgelopen. Hoe ze het ook probeerde, ze kon niet vergeten dat hij het bed met iemand anders had gedeeld. Volgens de relatietherapeute ging het daar ook niet om. Ze moest niet proberen het te vergeten, want dat zou haar toch niet lukken. Ze moest proberen het te omarmen, onderdeel van haar leven laten zijn. Pas dan kon ze verder. Mieke vond dat kletskoek, maar dat had ze niet laten merken. Omarmen? Dat mens was duidelijk nooit bedrogen. Je kon dat niet omarmen. Je kon proberen het weg te duwen in een deel van je geheugen dat je met wat moeite op slot kon doen, zodat je er niet meer zo vaak – of beter nog: nooit meer – aan dacht. Dat was wat ze probeerde. Het ging alleen nog niet zo best.

Ze keek naar buiten, waar Thom in het zonnetje zat. Haar boek lag op tafel. Nog even de schone vaat opruimen, die Thom na het afwassen gewoon op de grond had gezet, en dan mocht ze weer lekker gaan lezen, beloofde ze zichzelf. Ze keek naar de volle wasbak die Thom op de grond had achergelaten en zuchtte. Het karweitje even afmaken was blijkbaar te veel gevraagd. Ze pakte het bestek en begon het te sorteren in de drie bakjes waar het in thuishoorde.

Ze had hem niet binnen horen komen en schrok toen hij ineens achter haar stond. 'Waarom kom je niet buiten zitten? Het is prachtig weer.'

'Even dit opruimen', zei ze geïrriteerd. Als jíj dat nou meteen had gedaan... Ze slikte het verwijt in. Verwijten, die leidden nergens toe, aldus de therapeute.

'Dat kan toch wel wachten? Nu hebben we even tijd voor onszelf, straks zijn de kinderen er weer.'

Zijn woorden bleven in de lucht hangen. 'Hm-hm.'

'Ik weet nog wel iets anders wat we kunnen doen.' Van de boosheid van daarstraks was in Thoms stem niets meer te merken. 'Nu de kinderen er niet zijn, bedoel ik.'

'Thom...'

'Wat? Het is tijden geleden en nu hebben we de gelegenheid.' Hij liet zijn hand over haar arm glijden, en daarna omlaag via haar rug. Ze voelde weerzin in zich rijzen.

'Je bent mooi', fleemde hij. 'Ik zeg het te weinig tegen je, maar je ziet er echt goed uit.'

Mieke voelde hoe haar nekharen overeind gingen staan. Ze beet op haar onderlip om de woorden tegen te houden die ze eigenlijk het liefst in zijn gezicht wilde smijten. Net nu ik éven niks te doen heb, kom jij aanzetten? We doen het nooit en nu ineens wil je seks? Mag ik dan nooit even helemaal níks?

'De meiden kunnen hier elk moment zijn', zei ze geïrriteerd. 'Ik wil niet dat ze ons zien.'

'Ze blijven nog wel even weg. Ze zijn dol op zwemmen.' Thom had zijn aandachtsgebied van haar onderrug naar haar borsten verplaatst. Met zijn duim streelde hij eroverheen, door de dunne stof van haar topje heen. Ze weerstond de neiging zijn hand hard weg te duwen. In plaats daarvan draaide ze zich met een ruk om en keilde de laatste messen in de bestekbak.

'Sjezus.' Thom trok zijn hand weg. Zijn stem droop van verwijt. 'Dan niet, hoor. Ik dacht dat we op vakantie misschien weer eens tijd voor elkaar konden hebben.'

Mieke gaf geen antwoord. Ze pakte de stapel plastic kampeerborden en zette ze in het wiebelige, stoffen Ikea-kastje. Handig, bedacht ze, dat je dat ding tot een plat pakketje kon opvouwen. Er zat zelfs een hoes bij.

Ze voelde zich lichter worden toen Thom boos naar buiten beende. Nu zou hij haar een tijdje negeren, wist ze. *The silent treatment.* Vervelend, maar altijd nog beter dan wat hij had gewild. Ze voelde het kippenvel verdwijnen. Ze kon het niet. Ze wilde het niet. Bij de gedachte alleen al walgde ze.

Ze opende de koelbox en schonk zichzelf een glas rosé in. Even aarzelde ze, toen nam ze voor Thom een biertje mee. Een of ander Frans merk dat ze niet kende, maar dat hij wel lekker vond. Ze liep naar buiten en zette het voor hem neer. Hij bleef demonstratief naar zijn iPad kijken.

Mieke pakte haar thriller op, maar ze kon er niet meer van genieten. Dat had Thom voor haar verpest. Ze wierp een boze blik in zijn richting, maar die kwam niet aan. Ze verdiepte zich in haar boek, maar geen woord drong tot haar door.

'Mam!'

Femke klonk buiten adem. Mieke keek gealarmeerd op van haar boek, waarvan ze, een beetje tot haar eigen verbazing, pagina's had omgeslagen. 'Wat is er? Waar is Roos?'

'Hier', klonk het stemmetje van haar andere dochter. Mieke ontspande zich. Ook al was de tweeling negen jaar en konden ze het prima aan, ze vond het maar niets dat haar kinderen met z'n tweeën naar het zwembad gingen. Maar Thom vond het een goed idee om hen wat meer los te laten. En wat kon er gebeuren? Er was toezicht aanwezig.

'Dit zijn Noah en Bobby', zei Femke met een soort trots in haar stem. Nu pas viel het Mieke op dat haar dochters niet alleen waren gekomen. Een meisje met een kort kapsel en een jongen met krullend haar tot in zijn nek stonden achter de tweeling.

'Hallo', zei ze vriendelijk.

'Ze staan hier verderop.' Roos gebaarde naar rechts. 'Met hun ouders.'

'O, wat leuk. Zijn jullie ook op vakantie?'

Thom maakte een geluid. Alsof Mieke zelf niet wist dat dat een idiote vraag was aan twee Nederlandse kinderen op een Zuid-Franse camping, maar wat maakte het uit? Zijn zwijgzame gedrag, dat was lekker sociaal.

'Ik ben Mieke', stelde ze zich voor. 'En dat is Thom.'

'Hai', zei Thom met een snelle blik op het tweetal. Meteen gingen zijn ogen weer richting zijn iPad.

'Cool', zei het jongetje, Bobby. 'Heb je een iPad?'

U, dacht Mieke automatisch. Ze bekeek de jongen nog eens goed. Zijn haar was te lang. Het was vast hip, maar stond slonzig. Zijn zusje daarentegen had een kort stekeltjeshoofd. Ze droeg een zwembroek en een T-shirtje van Cars. Meteen kwam er een woord in haar op, maar ze schudde haar hoofd. Overal diagnoses aan willen hangen was een kwaaltje dat je er automatisch bij kreeg als je in het ziekenhuis werkte. En dan was ze niet eens arts, maar verpleegkundige.

'Mogen we naar de speeltuin?' vroeg Roos, onrustig wippend van haar ene voet op haar andere.

'Waar is die dan?'

'Ma-ham.' Femke rolde met haar ogen. 'Noah en Bobby mogen ook.'

'Ja, dus? Dan wil ik nog wel weten waar het is.'

'Laat ze gewoon gaan', bromde Thom. 'Die speeltuin is bij de ingang. Ze vallen heus niet van de aarde af, hoor.'

Mieke verbeet haar irritatie. 'Oké, jullie mogen. Maar ik wil dat jullie om vijf uur terug zijn en dan gaan we met z'n allen inkopen doen bij de campingwinkel.'

'Dank je feestelijk', mompelde Thom. 'Nu ineens wil je wel dingen samen doen?'

'Wat bedoel je, pap?' vroeg Roos, de meest gevoelige van de twee die een klein beetje spanning altijd al oppikte.

'Niks, niks', zei Mieke met een lachje dat uit haar tenen leek te komen. 'Gaan jullie maar spelen, en om vijf uur terug!'

Ze wachtte tot de meiden met hun nieuwe vriendje en vriendinnetje weggerend waren en siste naar Thom: 'Als je had gewild dat het gezellig was, had je na moeten denken voor je 'm bij dat wijf erin hing.'

'Houd je mond en *get over it*.'

'*Get over it*? Dat zou je wel willen, he. Lekker makkelijk.'

Met een demonstratieve zucht draaide Thom zich van haar af. Zijn biertje stond onaangeroerd op tafel. Mieke nam een grote slok wijn en begon opnieuw in het boek, maar ook deze keer wilden de woorden niet tot haar doordringen.

'Doei!'

Mieke keek de meisjes na toen ze het grintpaadje af renden. Ze lieten hun fietsen staan deze keer. Hun blonde haren wapperden achter hen aan. Van de vlecht die ze bij Femke had gemaakt, was niet veel meer over. Ze zouden eerst naar de tent van Noah en Bobby gaan en dan door naar het zwembad. Noah en Bobby. Twee dagen geleden had ze nog nooit van het tweetal gehoord, nu vielen hun namen in bijna elke zin die de tweeling uitsprak. Noah en Bobby hebben een stapelbed in hun tent, Noah en Bobby zijn hier in één dag gekomen, mam, Noah en Bobby hebben een barbecue. Ze had inmiddels de conclusie getrokken dat de ouders van Noah en Bobby een kant-en-klare tent hadden gehuurd. Dat had haar ook wel een aantrekkelijke optie geleken, vooral omdat je met een vouwwagen veel langzamer moest rijden en het bovendien een crime was om de voortent op te zetten, maar Thom had er niet van willen weten. Kamperen deed je niet in een bouwsel dat al voor je klaarstond als je aankwam, vond hij. Eigenlijk vond hij de vouwwagen niet eens primitief genoeg, maar Mieke had de grens getrokken bij de grote en kleine iglotent waarmee hij graag op vakantie wilde.

Thom zat achter de tent een boek te lezen. Althans, dat zei hij. Maar ze kon zijn iPhone nergens vinden, dus die zou hij wel meegenomen hebben. Ze had er een gewoonte van gemaakt zijn berichten te lezen op elk moment dat ze zijn telefoon te pakken kon krijgen. In de eerste tijd na zijn bekentenis was dat vaak geweest, alsof hij het toestel expres liet slingeren om te laten zien dat hij niets te verbergen had. Maar de laatste weken werd het minder en nu had ze het telefoontje al zeker veertien dagen niet meer gezien. Het zat de hele tijd veilig in zijn zak. Voor zover zij wist, kon er een hele rits sms'jes in staan van "Monica".

Ophouden, sprak ze zichzelf vermanend toe. Dit werkte niet. Al dat wantrouwen bracht hen geen steek verder. En als dat was wat ze wilde, kon ze net zo goed meteen de stekker eruit trekken.

Thom kwam om de hoek van de tent. 'Is er nog wat te eten? Ik verga van de honger.'

Mieke keek op haar horloge. Het was half elf, ze hadden net ontbeten. 'Er is nog stokbrood. Het ligt in de voortent.'

Thom verdween naar binnen en kwam even later terug met een flink stuk baguette, dik belegd met brie.

Mieke keek de andere kant op. Het irriteerde haar en ze wist niet eens waarom.

'Hallo, zijn jullie de ouders van Femke en Roos?'

Ze keek op.

Een stel van in de veertig stond lachend voor haar neus. De vrouw hengelde een hand naar haar toe. 'Ik ben Wendy. De moeder van Noah en Bobby. Dit is mijn man Ewoud.'

'O, hallo.'

'Hai, Thom.' Ze voelde zijn hand op haar rug. 'En dit is mijn vrouw Mieke.'

Mieke toverde een lach tevoorschijn en schudde hen beiden de hand. 'Hai. Leuk jullie te ontmoeten. De kinderen raken niet uitgepraat over hun nieuwe vriendje en vriendinnetje.'

'Andersom is het niet anders', lachte Wendy. Het was treffend hoeveel haar dochter op haar leek. Alleen had Wendy geen kort haar, maar een soort slordige dreadlocks die bij elkaar gebonden waren met een rood paillettensjaaltje. Ze droeg een zwart halterjurkje en rode teenslippers. Haar blauwe ogen stonden onderzoekend.

'Leuk dat zo goed klikt tussen de kinderen', zei Thom. 'We zien de tweeling nauwelijks. Komen wij ook nog eens aan rustig vakantievieren toe.'

Hij grinnikte, Mieke lachte ook. 'Ik heb al twee boeken gelezen.'

Wendy grijnsde. 'Ik ook. Wat een luxe, hè? En dan is het ook nog van dat lekkere weer. Topvakantie, als je het mij vraagt.'

Ze maakten een praatje over de heerlijke temperaturen en de kwaliteit van de camping. Thom raakte in gesprek met Ewoud over de lange reis, die zij inderdaad in één dag hadden afgelegd omdat ze zonder aanhanger nou eenmaal 140 konden rijden.

'Nou,' zei Mieke, afrondend, 'leuk jullie te ontmoeten. We komen elkaar vast wel tegen bij...'

'Kom anders vanmiddag een wijntje drinken', stelde Wendy voor. 'Onze kinderen gaan zo goed met elkaar om.' Ze lachte. 'En wij hebben een lekkere rosé ontdekt bij de Intermarché waarvan we veel te veel hebben ingeslagen.'

Mieke wilde eigenlijk al zeggen dat ze het aanbod erg waardeerden, maar dat ze vanmiddag andere plannen hadden, toen ze Thom naast zich hoorde. 'Gezellig, zeg maar hoe laat. En op welke plek staan jullie?'

'Een uurtje, hooguit.' Mieke keek op haar horloge. Het was half vijf. 'Half zes gaan we weer.'

'Wat loop je nou te zeuren?' vroeg Thom geergerd. 'Een beetje sociaal contact kan echt geen kwaad, hoor.'

'O leuk,' zei Mieke sarcastisch, 'nu wil je ineens vakantievrienden maken.' Ze sprak het woord met veel nadruk uit. Thom had juist een uitgesproken hekel aan dat soort opgelegde vriendschappen op vakantie, die als je niet uitkeek uitmondden in ongemakkelijke afspraken in Nederland waar bleek dat je elkaar in de afwezigheid van een gemoedelijke camping en supermarktwijn eigenlijk helemaal niets te melden had. De kinderen hadden twee jaar geleden een ellenlange penvriendschap onderhouden met twee meisjes van hun leeftijd die in Drenthe woonden en die ze op een regenachtige camping in de Dordogne hadden ontmoet. Daar had Mieke al niets met hun ouders gehad, laat staan toen het tweetal met hun kinderen een paar weken later was komen eten. Maar omdat het een heel eind rijden was vanuit Emmercompascuum naar Zoetermeer waren ze al rond de middag gekomen. Toen ze uiteindelijk om half elf 's avonds wegreden, hadden zij en Thom tegen elkaar gezucht dat ze vanaf nu vriendschappen op vakantie zoveel mogelijk af zouden houden.

En dat was ook haar plan bij Wendy en Ewoud. Ze leken spraakzamer dan het Drentse stel – Mieke had destijds de hele avond hoofdpijn gehad van het krampachtig verzinnen van nieuwe gespreksonderwerpen – maar toch wilde ze de boot een beetje afhouden. Ze hoopte dat Thom hetzelfde zou doen en ze moest nog een manier vinden om Roos en Femke een beetje af te remmen, anders zouden die met het grootste genoegen alvast de volgende afspraak in de agenda's zetten.

'Drieëndertig, vierendertig...' Thom keek links en rechts van het paadje. 'O, daar. Zevenendertig.'

'Hai, hai. Leuk dat jullie er zijn.' Wendy zat voor de grote bungalowtent met een bel wijn voor zich op de houten tuintafel. Ze stond op, boog zich naar Mieke toe en begroette haar met drie zoenen. Mieke deinsde een beetje achteruit.

'Kom zitten. Leuk. Gezellig. Hai, Thom.' Ook hij kreeg drie zoenen. 'Wijntje?'

Mieke keek naar Wendy's glas. 'Doe mij er maar zo eentje.'

'We hoeven niet te rijden', grapte Thom. Wendy lachte hard.

'Ha, Mieke.' Ewoud kwam de tent uit. Hij gaf haar een hand en gebaarde in één beweging naar de tuinstoelen. 'Ga lekker zitten. Hallo, Thom.'

Mieke nam plaats op een van de stoelen. Na dagenlang op wankele klapstoeltjes zitten voelde het als een weldaad voor haar rug. Ze keek naar de grote tent. De voorpanden waren opgeritst en ze zag dat de voortent alleen al twee keer groter was dan hun hele vouwwagen. Binnen stond een tafel met zes stoelen, en er was een volledige keuken.

'O ja,' zei Wendy, toen ze de wijn voor haar neerzette en Mieke een opmerking maakte over de tent, 'kamperen is leuk, maar het moet mij allemaal niet te primitief worden.'

'Gelijk heb je', zei Mieke.

Wendy verdween weer naar binnen en Ewoud kwam aangelopen met twee biertjes. Omdat Thom schuin tegenover haar was gaan zitten – zo ver mogelijk bij haar vandaan, vast weer zo'n steek onder water waarop hij patent leek te hebben, vermoedde Mieke – had hij geen keus dan of naast haar of op de stoel recht tegen over haar plaats te nemen. Hij koos voor dat laatste en hief zijn flesje. 'Proost. Of *salut*, geloof ik. Zo zeggen ze dat hier toch?'

'*Salut*', antwoordde Mieke. Ze nam een slok. De rosé was zuur en brandde in haar keel, maar bij achtentwintig graden smaakte alles wat koel was prima.

'Spreek je eigenlijk een beetje Frans?' vroeg ze.

Ewoud haalde zijn schouders op. '*Un petit peu*', zei hij met een zwaar Nederlands accent. 'Veel verder dan "*bonjour*" en "*un baguette et quatre croissants, s'il vous plait*" kom ik niet. Maar dat is ook meer dan genoeg.' Hij lachte om zijn eigen grapje.

Thom grinnikte. 'Je vergeet "*un bière*".'

'Die drink ik hier wel. We hebben een koelkast vol.'

Wendy plofte neer en greep haar glas. 'Hebben we al een toost uitgebracht?'

Thom hield zijn flesje in de lucht. 'Op de vakantie.'

'Nou, daar proost ik wel op, ja.' Wendy nam een slok wijn. Niet haar eerste van die middag, vermoedde Mieke.

'Anders ik wel.' Ewoud hield zijn flesje bier omhoog en stootte ermee tegen Miekes glas. Hun vingers raakten elkaar en er gulpte wat wijn over de rand.

'O, sorry', zei Mieke.

'Maakt niet uit.' Ewoud droogde zijn hand aan het kussen van de tuinstoel.

'Vertel eens,' vroeg Wendy geïnteresseerd, 'waar komen jullie vandaan?'

Tegen de tijd dat Mieke weer op haar horloge keek was het tot haar verbazing tien over half zes. 'O, de kinderen', zei ze een beetje verschrikt. 'Die moesten om vijf uur terug zijn.'

'Die van ons ook', antwoordde Wendy met een zekere berusting. 'Maar ze vergeten altijd de tijd. O, wacht, daar zul je ze net hebben.'

Met rode wangen kwam het viertal aangerend. 'Sorry dat we zo laat zijn, mam', riep Noah al voor haar moeder iets kon zeggen.

'Huh?' Dat was Roos. 'Wat doen jullie hier?'

'We drinken wat met de ouders van Noah en Bobby, schat', zei Mieke. 'Maar we wilden net gaan, want we moeten nog boodschappen doen voor het eten.'

'Aaahh', zeiden Roos en Femke in koor. 'Kunnen we niet nog even blijven?'

'Neem nog lekker een rosétje', zei Wendy. 'Die boodschappen lopen niet weg en de kinderen vinden het leuk.'

Mieke aarzelde. Ze keek naar Thom, die zijn aandacht op Bobby had gericht. Hij liet met nauwelijks verholen trots een blauwe plek zien, opgelopen toen hij van de schommel sprong en verkeerd landde.

'Nee,' zei ze beslist, 'we gaan echt. We willen jullie ook niet tot last zijn.'

'Dat ben je niet, hoor', verzekerde Wendy haar. 'Als je wilt, ben je ook welkom om te blijven eten. We stoken de barbecue op en hebben genoeg in huis.'

'Ja!' riep de tweeling in koor.

'Nee, we gaan weg.' Dat was Thom, die haar eindelijk bijviel. 'We hebben al te lang van jullie gastvrijheid gebruik gemaakt.'

'Kom dan morgen eten', drong Wendy aan. 'Wij vinden het gezellig en volgens mij geldt dat ook voor de kinderen.'

Ze kreeg aan vier kanten bijval. Mieke keek naar Thom, die haar blik ontweek. 'Dat lijkt ons erg leuk', zei hij tegen Wendy. 'Maar wel op de voorwaarde dat wij het vlees meenemen. Ik wil niet dat jullie al het werk ervan hebben.'

Wendy protesteerde nog wat, maar stemde uiteindelijk in. 'Oké, tot morgen dan.' Opnieuw

kreeg Mieke drie zoenen. Ook Ewoud liet zijn
hand achterwege en kuste haar op haar wang.
Eén keer, wat een vreemde situatie opleverde
want toen zij haar hoofd draaide, had hij zich al
teruggetrokken. Een beetje beschaamd krabde ze
aan haar nek om zich een houding te geven, maar
Ewoud leek niet te merken dat ze zich ongemak-
kelijk voelde.

'Doei, tot morgen!' De meiden namen afscheid
van hun vriendje en vriendinnetje en huppelden
voor Mieke en Thom uit naar de tent. 'Aardige
lui', merkte Thom op.

Mieke knikte. Tot haar eigen verbazing had
ze best zin in het etentje van morgenavond. 'Ja.
Wendy lijkt me een heel hartelijke vrouw.'

'En Ewoud is een aardige gozer. Heel relaxed.'

'Ja.' Mieke dacht weer even aan het moment
van net. 'Alleen... Nou ja, laat maar.'

Thom vroeg niet verder. Het was ook niet belangrijk. Ze wist niet eens waarom ze er nog aan
dacht.

2

'NOAH EN BOBBY GAAN VOLGENDE WEEK OOK nog naar Spanje', zei Femke vol bewondering. Ze sprak het uit alsof er een reisje naar Antarctica gepland stond.

'O ja?' vroeg Mieke geïnteresseerd.

Wendy knikte. 'We zijn dol op Spanje. En er is voorspeld dat het volgende week een paar dagen gaat regenen hier, dus des te beter. In Spanje is het droog en zelfs nog een paar graden warmer.'

'Kunnen wij ook naar Spanje gaan? vroeg Femke verlangend. 'Dan kunnen we nog langer met Noah en Bobby spelen.'

'Nee schat, wij blijven volgende week nog hier.'

'Ah toe?'

Mieke negeerde haar dochter. Wendy was opgestaan om nog wat drinken te pakken en Thom was aan het voetballen met alle kinderen, behalve Femke. Die vond voetbal 'zó stom', zoals ze het graag overdreven mocht verwoorden. Nu hing ze verveeld in een tuinstoel, verongelijkt dat zij niet naar Spanje gingen en dat de anderen lol maakten zonder haar. Ook al waren ze een tweeling en qua uiterlijk vrijwel identiek, de meiden hadden allebei een heel ander karakter. Roos had het meegaande van haarzelf, Femke de sterke eigen mening van Thom. Een grote mond, maar een klein hartje. Mieke wist dat ze zich om Femke geen zorgen hoefde te maken, die kwam er wel. Roos daarentegen moest af en toe wat harder worden. Als het er echt op aankwam, kwam ze wel voor zichzelf op, maar dat kon soms een tijdje duren. Gelukkig kon ze zich wat dat betreft aan haar zus optrekken.

Mieke keek naar de spelende kinderen en naar Thom, die expres een bal miste zodat Roos hem kon schoppen. Ze miste finaal en moest daar hard om lachen. Thom maakte Bobby vervolgens de bal afhandig en trapte die opnieuw in de richting van zijn dochter. Deze keer raakte Roos de bal wel, maar schopte die compleet in de verkeerde richting. Toch stak Thom zijn duim op.

Thom was een leuke vader, daar viel niets op af te dingen. Hij maakte tijd vrij voor de kinderen, ondernam dingen met hen en genoot daar zelf van. Toen de tweeling werd geboren, was hij een dag minder gaan werken. Niet omdat het moest, maar omdat hij het wilde. Daar hadden ze nooit discussies over gehad. Mieke had zich gelukkig geprezen met zo'n toegewijde echtgenoot.

'Nog een glas?'

Ze schrok en keek op. Ze had helemaal niet gemerkt dat Ewoud achter haar was verschenen met een grote plastic container met rosé.

'Lekker.' Ze hield haar glas op. 'Dat ziet er goed uit.'

Hij keek haar aan. 'Dank je.'

Mieke voelde haar wangen een beetje kleuren. Er was iets met die blik wat ze niet kon thuisbrengen. Alsof het ineens niet meer over rosé ging.

Net zo snel was Ewoud ook weer verdwenen. Ze nam een ferme slok en keek weer naar de kinderen. Roos had een knalrood hoofd en hijgde.

'Lieverd, kom even wat drinken', riep ze een beetje bezorgd. Als ze het warm had, kreeg Roos snel hoofdpijn en dan zouden ze de halve nacht in de weer zijn.

'Ach joh, laat haar lekker.' Dat was Wendy. 'Als ze dorst krijgt, komt ze vanzelf. Hier, wil jij wat brie?'

Ze zette een schaal met Franse kaasjes en toast op tafel en ging tegenover Mieke zitten.

'Bobby, laat dat!'

'Wat deed hij?'

'Zijn zusje schoppen. Hij is een kleine smiecht, in het heetst van de strijd deelt hij dan ineens een klap of een schop uit. Ik zeg altijd dat hij zo nooit een vrouw krijgt.'

'Noah lijkt het niet eens te merken.'

'Ze is het gewend. Maar ik houd niet van dat achterbakse gedrag van Bobby.' Ze leunde een beetje voorover. 'Ik zeg altijd dat hij dat van zijn moeder heeft.'

Mieke wist niet zo goed wat ze moest zeggen. 'O, eh... Herken je jezelf er dan in?"

'Wat?' Wendy keek verbaasd. 'O nee, joh. Ik ben niet de moeder van Bobby. Hij is van Ewouds vorige vrouw.'

'En Noah dan?'

'Die is van mij. Ewoud en ik hebben samen geen kinderen. Niet dat we dat niet wilden, hoor, maar het is er nooit van gekomen. En nu vind ik mezelf te oud. Ik word over een halfjaar veertig.'

'Zijn jullie al lang bij elkaar?'

'Drie jaar. Noah was zeven, Bobby vijf.'

'Dat lijkt me best lastig, zo'n samengesteld gezin.'

Wendy haalde een hand door haar haar. Halverwege bleven haar vingers steken in de dreadlocks. Ze reikte naar het pakje op tafel en stak een sigaret op. 'Het was in het begin niet altijd even makkelijk', zei ze toen. 'Er speelde van alles. Mijn ex deed moeilijk, hij wilde een andere omgangsregeling. Maar hij is een zakkenwasser eersteklas die nooit naar zijn kind omkeek en ik vind één weekend per drie weken meer dan genoeg.' Ze wierp een blik op haar dochter. 'En Bobby vond het maar niets dat hij een nieuw gezin kreeg. Hij wilde gewoon zijn moeder terug.'

Mieke zei niets. Ze wilde niet nieuwsgierig overkomen, al leek Wendy maar al te graag bereid alle perikelen uit de doeken te doen.

'Dat was voor Ewoud natuurlijk ook hartstikke moeilijk. Bobby wilde maar niet accepteren dat zijn moeder er niet meer was.'

Mieke keek op. 'Bedoel je...?'

'Dat ze is overleden? Ja. Vier jaar geleden.'

'Jeetje.' Mieke wist niet zo goed wat ze moest zeggen. 'Wat heftig, zeg. Zeker bij zo'n jong iemand.'

'Drieëndertig was ze.' Wendy staarde naar haar stiefzoon, die fanatiek achter de bal aan rende en Femke nogal hardhandig aan de kant duwde. Die liet zich niet op haar kop zitten en probeerde hem op haar beurt onderuit te schoffelen, maar Bobby was sneller.

Mieke wilde vragen waaraan Ewouds vrouw was overleden, maar ze durfde niet.

Onwillekeurig keek ze naar hem. Hij was bezig de barbecue op te stoken en wapperde met een stuk karton zodat de vlammen groter werden. Hoe oud zou hij zijn? Wendy had gezegd dat ze bijna veertig was, Ewoud was waarschijnlijk van dezelfde leeftijd. Zo jong en dan al weduwnaar. Met ook nog eens een kind om voor te zorgen. Dat moest loodzwaar voor hem zijn geweest.

Wendy stond op en liep de tent in. Ewoud had zijn shirt uitgetrokken. Zijn borst was behaard, maar hij hield het duidelijk goed bij. Haar blik gleed naar Thom, die ook alleen in zijn korte broek rondliep. Hij had niet alleen borsthaar, maar ook wat losse haren op zijn rug. Al jaren had hij het erover dat hij die wilde laten weglaseren, maar het was er nooit van gekomen. Eens in de zoveel tijd moest Mieke ze wegscheren, maar ze leken elke keer sneller terug te groeien.

Ze keek weer naar Ewoud. Hij had de barbecue opgetild en verplaatste hem naar een stukje grind. Het leek hem nauwelijks moeite te kosten. Ze zag de spieren in zijn bovenarmen. Zou hij naar de sportschool gaan? Hij was breed, maar niet dik. Stevig. Mannelijk.

Ze slikte. Dit soort gedachten was ze van zichzelf niet gewend. Het kwam vast door de rosé. De zon. De losse vakantiesfeer.

De verwijdering.

Ineens was het woord er. Haar blik schoot naar Thom, alsof hij haar gedachte gehoord zou kunnen hebben. Doe normaal, zei ze zonder woorden tegen zichzelf. Maar de gedachte zat er al, als een zwarte vlek op een scherm waar je ineens niet meer langs kon kijken, ook al speelde de film eromheen gewoon verder.

Was dat het, verwijdering? Al die onuitgesproken verwijten, de soms ronduit kille sfeer, de steken onder water, de starre gevoelens... Was het te laat om de weg terug te vinden?

Ze keek weer naar Ewoud. Hij lachte om iets wat Noah riep. Er zaten rimpeltjes rond zijn ogen. Hij haalde zijn hand over zijn gemillimeterde haar. Ze zag twee ringen. Eentje voor Wendy, en eentje voor de vrouw die hij verloor?

Mieke schudde haast onmerkbaar haar hoofd. Ze moest ophouden, de trein van haar gedachten een halt toeroepen en snel ook. Ze zou medeleven moeten voelen, een afstandelijke triestheid over wat hem was overkomen en over het gegeven van een vroegtijdige dood in het algemeen. Ze zou, als het nodig was, wat clichés moeten oplepelen en overgaan tot de orde van de dag. En dan zou ze hooguit vanavond tegen Thom zeggen dat het toch wel bijzonder was dat Ewoud in Wendy voor de tweede keer geluk had gevonden. Ze zouden knikken en het eens zijn en er niet meer aan denken.

Maar zo was het niet. Ze kon het niet uit haar hoofd zetten. Een man die wat had meegemaakt, die was getekend voor het leven. Het gaf hem... Ze kon niet op het woord komen. Diepte?

Thom had geen diepte. Althans, niet waar het op levenservaring aankwam. Hij was goed in zijn werk, maakte regelmatig promotie, kreeg goede beoordelingen en salarisverhoging. Hij was ambitieus, ondanks het feit dat hij privé ook heel belangrijk vond. Maar hij had inmiddels geleerd dat je als ambtenaar op een ministerie al snel als ambitieus werd beschouwd. Daar maakte hij handig gebruik van. Maar levenservaring... Hij kwam uit een doorsneegezin, had een doorsneeopleiding genoten en was daarna doorgestroomd in een zeer doorsneebaan. Hun gezin was ook behoorlijk doorsnee, besefte Mieke. Ze waren allebei niet spannend, niet afwijkend, ze voldeden precies aan de norm. Het enige wat ontbrak was de blonde labrador.

Ze was altijd perfect gelukkig geweest met haar doorsneeleven, maar sinds Thoms overspel was dat veranderd. Ze was boos geweest, verdrietig, verongelijkt dat hij hun leventje had verstoord. Maar tegelijkertijd had het ook iets anders bij haar losgemaakt. Ze had zichzelf altijd beschouwd als trouw. Omdat er geen andere optie was, het kwam niet bij haar op om het buiten de deur te zoeken. Waarom dat mooie, rustige leven verstoren? Maar nu was het al verstoord en dat stelde haar voor nieuwe keuzes en inzichten. Wilde ze haar hele leven doorbrengen met deze man? Ging ze voor gesetteld, of ging ze voor spanning?

Ewoud keek op en ving Miekes blik. Ze besefte dat ze naar hem had zitten staren. Ze wilde haar ogen afwenden, een beetje beschaamd dat ze naar hem had zitten kijken, maar iets hield haar tegen. Ze bleef kijken. Hij ook. Er was iets in zijn blik, dat was haar meteen al opgevallen. Iets donkers dat ze eerst niet kon thuisbrengen. Misschien was het verdriet. Een schaduwkant die je altijd met je mee bleef dragen, ook al vond je nieuw geluk. Zijn blik gaf haar een vreemd gevoel. Geen medelijden, dat was het niet. Ze kon het niet goed thuisbrengen. Het intrigeerde haar, en tegelijkertijd wilde ze zichzelf tot de orde roepen. Wat zat ze zich hier nou van alles in haar hoofd te halen over het gevoelsleven van een man die ze nog maar net kende? Het enige wat er nu in zijn hoofd omging was waarschijnlijk hoe hij die barbecue goed aan kon krijgen.

Ewoud bewoog even met zijn mond. Ze voelde een schokje. Alsof hij haar gedachten van net had gelezen, hoewel dat onzin was want wat wist hij nou van haar? Ze sloeg haar blik neer, maar keek door haar oogharen nog steeds naar hem. Hij staarde terug. Open en bloot. Ze voelde zweet prikken op haar rug. Haar hart bonkte. Doe normaal, zei ze tegen zichzelf, maar ze wilde niet gehoorzamen aan haar eigen vermaning.

'Maar goed.' Ineens was Wendy er weer. Ze nam een trek van haar sigaret en liet de rook langgerekt ontsnappen. 'Het eerste jaar was pittig, maar daarna leek iedereen z'n draai te hebben gevonden. Inmiddels gaat het al twee jaar supergoed allemaal.' Ze stak haar duim op naar Noah, die een doelpunt had gescoord en juichte alsof ze de WK-finale eigenhandig had gewonnen.

'Jij nog rosé?'

Tot haar verbazing zag Mieke dat haar glas leeg was. Ze hield het omhoog en Wendy vulde het tot de rand.

Twee uur later legde Mieke haar bestek schuin over haar bord. 'Ik heb genoeg gehad.'

'Echt niet nog een hamburger?' bood Ewoud aan. Hij stond achter de barbecue en hield met een tang het stuk vlees in de lucht. Zijn huid was een beetje bezweet van de warmte van de barbecue en glansde in de schemering.

'Nee, echt niet.'

'Ik wil hem wel', zei Thom met een mond vol brood en salade. Mieke keek naar hem. Hij zat te eten alsof hij in geen tijden iets had gehad. Dat kende ze niet van Thom. Hij was meestal erg gematigd.

'Het is heerlijk', zei hij nadat hij zijn mond had leeggegeten. 'Wij nemen nooit een barbecue mee op vakantie, maar dat is eigenlijk wel een heel goed idee. Volgend jaar doen we dat ook, Miek.'

'Je kunt bij de supermarkt van die barbecues voor eenmalig gebruik kopen', zei Wendy. 'Hartstikke handig. Alleen moet je ze niet op droog gras zetten.' Ze grinnikte en wisselde een blik van verstandhouding met Ewoud.

'Hoezo?' Mieke keek van de een naar de ander.

'O niks.' Ewoud lachte in zichzelf. 'Vorig jaar hebben we een klein brandje veroorzaakt op de camping.'

'De brandweer moest erbij komen!' riep Bobby met een glans in zijn ogen. De herinnering beviel hem duidelijk wel.

'Ja, het ging niet helemaal goed.' Ewoud leek er niet zoveel spijt van te hebben. Hij grinnikte. 'Het was wel een mooi gezicht, dat vuur.'

'Mannen en vuur', zuchtte Wendy.

Thom nam nog een slok wijn. Mieke zag aan zijn ogen dat hij meer had gedronken dan goed was. Hij keek een beetje lodderig. 'Ach ja', zei hij langgerekt. 'Vuur. Vuur in je huwelijk. Daar gaat het allemaal om.'

Mieke perste haar lippen op elkaar.

Wendy mompelde iets instemmends. Ewoud zei niets. Ze keek op, recht in zijn gezicht. Ze kon zijn blik niet duiden, maar haar hart sloeg over. Hij keek onderzoekend, aftastend bijna. Zou hij zich afvragen wat Thom met zijn opmerking bedoelde? Ze had het idee dat ze iets moest zeggen.

Maar ze hield haar mond. Hij liet zijn blik nog steeds op haar rusten, ze wendde haar ogen af.

'Ik heb nog een lekker toetje', kondigde Wendy aan. Ze stond op en verdween in de tent. Even later kwam ze terug met plastic bakjes chocolademousse, die ze aan iedereen uitdeelde.

Mieke leunde achterover. De zon was nu helemaal onder en Ewoud had een paar fakkels aangestoken. Zijn gezicht werd belicht door de vlammen. Ze voelde zich raar licht. Een beetje duizelig. Het kwam vast door de wijn. Ze had zich al heel lang niet meer zo gevoeld. Het moest wel door de wijn komen. Ze gluurde naar Ewoud. Hij lachte om iets wat Bobby zei. Ontspannen. En tegelijkertijd hing er een spanning om hem heen, die er permanent leek te zijn. Het intrigeerde haar. Ze moest wel naar hem kijken. Ze dacht dingen die ze niet zou moeten denken. Haar huid prikte. Ze likte aan haar lippen. Ze zou haar gedachten een halt toe moeten roepen, zichzelf in de hand houden. Maar ze wist heel goed dat ze dat niet wilde.

'Wendy vertelde me over je eerste vrouw.'

'O.' Ze zag hem verstrakken. Toen ze opkeek, was er een schaduw op zijn gezicht verschenen. Hij keek haar niet aan, maar staarde langs haar heen in de duisternis, alsof hij ineens heel ver weg was met zijn gedachten.

Misschien had ze er niet over moeten beginnen, maar ze leek niet meer te kunnen nadenken. Ze nam nog een slok wijn. Rood, geen rosé meer. Blijkbaar had iemand haar glas opnieuw volgeschonken. Ze wist niet precies wanneer. Ze wist niet eens hoeveel glazen ze al had gedronken. Het kon haar ook niet schelen.

Ze wilde iets zeggen, maar ze kon de juiste woorden niet vinden. Ewoud zei niets. Ze wist niet of hij er niet over wilde praten, of niet kon. Zou hij nog vaak aan haar denken? Of waren dat gedachten die je wegstopte als je een nieuw gezin had?

'Wat erg voor je', zei ze uiteindelijk. Meteen had ze spijt. Het klonk stom. Afgezaagd. Leeg. Ewoud knikte kort. Hij leek onbereikbaar.

Zou ze geweten hebben dat ze doodging? Zou ze gezegd hebben dat Ewoud door moest gaan met zijn leven? Een andere vrouw moest zoeken? Ze stelde zich voor dat zij in die situatie zat. Dat zou ze waarschijnlijk tegen Thom zeggen. Ga door met leven. Word weer verliefd. Maar meende je het wel als je dat zei?

Er kwam een gedachte in haar hoofd op. Wat als zíj hem tegen was gekomen? Wat zou ze gedaan hebben?

Niks, waarschijnlijk. Ze was getrouwd. Gelukkig getrouwd, tot voor kort. Ze zou niet open hebben gestaan voor welke man dan ook, en waarschijnlijk helemaal niet voor een weduwnaar met een zoon. Ze was te braaf, te degelijk voor een affaire. Toen wel. Maar nu... Ze keek opnieuw naar Ewoud. De schaduw was weg, er was iets zachts voor in de plaats gekomen dat contrasteerde met de hoekige trekken van zijn gezicht. Zijn gelaat werd onregelmatig belicht door de vlammen. Hij trok even met zijn mond en verplaatste toen zijn blik naar haar.

Maar nu... Nu wist ze het niet meer zo zeker.

3

MIEKE SLOEG EEN BLADZIJDE OM EN REALI-
seerde zich dat ze geen idee had wat erop stond.
Ze wist sowieso nauwelijks wat de lijn van het
verhaal was, en ze was toch al halverwege het
boek.

Ze legde het op tafel en pakte een tijdschrift. Er
stond een interview in met een vrouw die tot vijf
keer toe kanker had gekregen.

Ze probeerde zich erop te concentreren, maar
haar gedachten gleden weer weg. Kanker. Was
dat het? Ze had gisteravond aan Ewoud willen
vragen waaraan zijn vrouw was overleden, maar
ze durfde het niet. Hij zat vast niet te wachten op

haar nieuwsgierige vragen. Ze kon het beter via Wendy proberen, die vertelde alles.

Thom had hen gisteravond bij het weggaan uitgenodigd om hier te komen barbecueën, maar een dag was er nog niet afgesproken. Vandaag waren ze de hele dag met de tweeling naar een attractiepark geweest, dus hadden ze Ewoud en Wendy niet gezien. Bij thuiskomst waren Roos en Femke meteen naar hun vriendje en vriendinnetje gerend, maar toen waren zij er niet. De tweeling was zwaar teleurgesteld geweest, en ronduit boos toen Mieke hen had verboden na het douchen nog te gaan kijken of ze inmiddels weer thuis waren. Onder zwaar protest van de meisjes had ze hen een uurtje geleden eindelijk in bed kunnen krijgen.

Thom mompelde iets. Mieke keek op van haar tijdschrift. 'Wat is er?'

'Nee. Niks.'

'Wat ben je aan het doen?'

Stilte.

'Ben je het nieuws aan het lezen?' vroeg ze tegen beter weten in. 'Is er nog iets gebeurd in Nederland?'

Thom keek op. 'Hè?'

'Ik vraag je iets.'

'Ja. Het nieuws, ja.'

'Is er nog iets gebeurd?' Ze wachtte. 'Thom?'

'Ja?'

'Ik vroeg of er nog iets in het nieuws is.'

Hij schudde zijn hoofd bij iets wat hij las.

'Wat?' Mieke zuchtte. Het leek wel een kruisverhoor. Ze wilde alleen even de headlines weten, was dat nou zo moeilijk?

'Nee, niks. Iemand beweert dat beest op de Veluwe weer te hebben gezien. Het schijnt om een kangoeroe te gaan.'

'Een kangoeroe? Hoe komt die daar nou?'

Maar Thom was alweer verdiept in iets anders. 'Hm-hm.'

Mieke zuchtte. Ze legde het tijdschrift weg en keek op haar horloge. Bijna half elf. 'Ik ga mijn tanden poetsen.'

Geen reactie.

Ze liep de tent in en pakte haar toilettas. Ze hadden een jerrycan met water, maar tanden poetsen deed ze toch liever bij het toiletgebouw. Ze liep weg over het grindpaadje. De steentjes knerpten onder haar slippers. Het geluid klonk hard over de stille camping. Ze passeerde een zandpaadje binnendoor dat ook naar het toiletgebouw leidde, en nog sneller ook, maar dat was onverlicht en ze was de zaklamp vergeten. Niet dat ze het erg vond om wat langer te lopen. Het was niet zo dat Thom met smart op haar terugkomst zat te wachten, dacht ze een beetje cynisch.

Aan de buitenkant van het toiletgebouw bevond zich een hele rij wasbakken. Er was een overkapping overheen gemaakt, die je vooral moest beschermen tegen vallende dennenappels, want regen viel er in de zomer niet veel. Het was gelukkig rustig, zag Mieke toen ze aan kwam lopen. Ze zette haar toilettas neer op een planchet. Het felle tl-licht deed pijn aan haar ogen en ze knipperde een paar keer. Daarna bekeek ze zichzelf in de spiegel. Ze had haar kastanjebruine haar in een staartje gebonden en er vielen een paar lokken uit. De eerste dertig jaar van haar leven had ze het vervelend gevonden dat mensen haar altijd jonger schatten dan ze was, nu was ze er blij mee. Zeker als ze haar haar op deze manier droeg, leek ze begin dertig. Hopelijk kon ze dat nog een paar jaar vasthouden.

Ze maakte haar gezicht schoon met tonic en smeerde nachtcrème op. Daarna poetste ze haar tanden, maakte haar haar los en ruimde haar spullen op. Ze liep naar binnen en ging naar het toilet. Gisteren was ze rond middernacht in het toiletgebouw geweest en had ze in de rij moeten staan voor een wastafel. Nu was het uitgestorven. Blijkbaar ging men hier laat naar bed.

Ze verliet het toilethokje en liep naar het fonteintje ertegenover om haar handen te wassen. Ze hoorde voetstappen, die hol klonken tegen de stenen muren. Roos en Femke vonden het leuk om te schreeuwen in het toiletgebouw, omdat het dan zo hard weerklonk. En ze vonden het nog leuker als Mieke er op luide toon iets van zei. Nog meer lawaai. Ze glimlachte. Ondanks alles was het voor de kinderen een heerlijke vakantie.

Ze droogde haar handen af en gooide het papieren handdoekje in de prullenbak. Daarna draaide ze zich om.

Ze slaakte een kreet en voelde haar hart een paar slagen missen. Ze knalde bijna tegen hem op. Licht hijgend legde ze haar hand op haar borst.

'Liet ik je schrikken?'

'Dat kun je wel stellen. Ik zag je niet aankomen.' Ze had zijn voetstappen wel gehoord, maar die waren halverwege opgehouden, dacht ze. En nu stond hij ineens achter haar. Hij was langer dan ze had onthouden. Of misschien was hij breder. Groter. Hij raakte haar arm en liet zijn hand liggen. 'Sorry.'

Plotseling was de sfeer anders. Ze keek naar zijn hand. De plek leek te branden. Ze slikte. Dit was geen goed idee, en tegelijkertijd wilde ze niks anders. Er kwam een rollende golf op haar af en ze wist al dat ze erin zou springen. Ze keek op. Zijn blik was veranderd. Groot. Stoer. Mannelijk. Ze voelde haar hart hameren. Ineens waren zijn handen overal. Ze gleden over haar rug, woelden door haar haar. Zijn lippen omvatten die van haar. Zijn tong gleed naar binnen. Dit had ze nog nooit meegemaakt. Ze deed mee, ze moest wel. Haar handen zwierven over zijn rug en doken omlaag. Ergens in een uithoek van haar gedachten riep een stemmetje dat ze dit niet zou moeten doen, maar ze wilde niet luisteren. Hier had ze op gewacht. Misschien had ze sinds gisteravond al geweten dat dit zou gebeuren. Ze had het in elk geval gewenst. Thom, de kinderen, haar geknakte huwelijk – alles was naar de achtergrond verdwenen. Het was niet meer belangrijk. Nu niet. Het enige wat telde waren Ewouds handen.

Net zo snel was het moment weer voorbij. Ewoud liet haar zo plotseling los dat Mieke bijna achterover viel. Ze wankelde en hield zich vast aan de rand van het fonteintje. Ewoud streek over zijn gemillimeterde haar. Hij deed zijn mond open, maar zei niets. Zelf had ze ook geen woorden. Ze verlangde naar meer, maar durfde hem niet meer aan te raken. Ineens leek hij afstandelijk. Zou hij spijt hebben?

Had zij spijt?

Misschien. Ze zocht naar schuldgevoel in zichzelf. Er raasde van alles door haar heen, maar dat niet. Ze wist honderd procent zeker dat als ze de kans zou krijgen, ze het opnieuw zou doen. Hoe moest ze weer terugkomen bij de tent? En doen alsof er niets was gebeurd? Haar hele wereld was zojuist op z'n kop gezet. Ze had gezoend als nooit tevoren. Dat kon ze toch niet zomaar verbergen?

Ze wilde er iets over zeggen, maar ze kon de geladen stilte niet verbreken. Ewoud stak zijn hand uit en liet twee vingers over haar arm glijden. Ze huiverde. Zijn hand verplaatste zich omhoog. Naar haar nek. Hij streelde haar met zijn duim en trok haar hoofd naar zich toe. Ze maakte zich klaar voor nog een zoen, maar hij liet zijn lippen vluchtig over die van haar glijden en draaide zich toen om. Er was een tl-balk kapot, het licht flikkerde. Ze keek hem na toen hij wegliep.

Het duurde een tijdje voor ze het gevoel had dat ze weer kon lopen. Ze liet de rand van het wasbakje los en ging naar buiten. Hij was weg. Natuurlijk was hij weg. Haar toilettas stond er nog. Aan het andere eind van de rij wastafels was een man bezig zijn tanden te poetsen. Ze pakte haar spullen en liep terug.

Thom zat nog steeds voor de tent met zijn iPad. Zijn gezicht werd spookachtig verlicht door het lcd-scherm. 'Hoi', zei Mieke. Haar stem trilde. Als Thom aandacht voor haar had gehad, had hij het gemerkt. Maar hij bleef stoïcijns naar het scherm kijken en mompelde iets onverstaanbaars terug.

Mieke zette haar toilettas weg en pakte haar boek. Ze wist nu al dat ze geen letter zou lezen. Haar gedachten tolden door elkaar toen ze ging zitten en het boek ergens opensloeg. Ze was al zestien jaar met Thom. Zestien jaar waarin ze heus weleens naar andere mannen had gekeken, maar wie deed dat niet? Meer dan kijken was het nooit geweest. Eén keer was er een collega geweest die duidelijk interesse in haar had gehad. Hij had een paar serieuze versierpogingen ondernomen. Ze vond de moeite die hij voor haar had gedaan vleiend, maar ze had er samen met Thom om gelachen. Natuurlijk had ze het meteen aan hem verteld. Hij was niet eens jaloers geweest. Hij had het blinde vertrouwen gehad dat zijn vrouw natuurlijk niet op de avances van een collega in zou gaan.

Maar dat was vijf jaar geleden. Niet lang daarna was de collega vertrokken en sindsdien had Mieke nooit meer aan hem gedacht.

Nu was alles anders. Haar collega was best een aardige vent geweest, maar ze had hem nooit aantrekkelijk gevonden. En dat was het verschil met Ewoud. Ze kon niet beschrijven wat ze van hem vond. Misschien was er geen woord voor. Ze had nog nooit zoiets gevoeld. Haar handen tintelden, net als haar lippen. Als ze haar ogen sloot voelde ze hem nog. Ze hield ze wijd open. Ze mocht niets laten merken. Straks moest ze weer naast Thom in bed liggen. Hem kussen, vluchtig, plichtsmatig. Gelukkig had hij na die ene keer geen toenadering meer gezocht. Dat zou ze nu echt niet kunnen.

Ze sloeg een bladzijde om. Thom grinnikte in zichzelf. 'Moet je horen', zei hij toen. Hij las iets voor uit een nieuwsbericht op zijn iPad. Mieke lachte mee, maar ze wist niet waar het over ging. Thom las weer verder. Ze pakte haar boek op.

'Zo,' zei hij toen, 'ze denken dat die gast in Frankrijk zit.'

Mieke keek op. Had ze iets gemist?

Ze maakte een geluid dat een vraag zou kunnen zijn.

'Je weet wel', zei Thom. 'Van die moord.'

Mieke knikte half. Had hij daar iets over gezegd? Ze wist het niet meer. Het interesseerde haar niet.

'Waarschijnlijk is hij hier gewoon op vakantie. Net als wij.'

En net als honderdduizend andere Nederlanders, dacht Mieke. Wat kon het haar nou schelen dat een of andere geflipte gek in hetzelfde land op vakantie was? De kans was groot dat dat voor nog heel veel andere geflikte gekken ook gold, maar die werden niet gezocht door de politie. Wat heet, misschien was zijzelf wel een geflipte gek. Ze was een getrouwde vrouw die heftig zoende met de campingbuurman in het toiletgebouw, en ze had er niet eens echt spijt van. Daar moest je toch behoorlijk gestoord voor zijn. Ach, de Engelsen hadden niet voor niets de uitdrukking *"crazy in love"*. Hartstikke gestoord.

In love... Verliefd. Ze liet het woord door haar hoofd spelen. Het klonk als iets voor pubers. Of jonger. Roos was verliefd op Anthony, die in de klas drie rijen voor haar zat. Ze stopte briefjes in zijn jaszak en stikte dan bijna van de zenuwen, maar Anthony reageerde er nooit op. Ziek van verliefdheid, dat was je als je twintig was. Ooit was ze verliefd geweest op Thom. Heel erg verliefd, ze had wekenlang niet gegeten en nauwelijks geslapen. Zo verliefd dat het bijna pijn deed. Maar dat gevoel was verdwenen en had plaatsgemaakt voor iets anders. Liefde. Vertrouwdheid. Vanzelfsprekendheid.

Saaiheid.

Was ze nu verliefd? Misschien. Misschien niet. Ze voelde iets anders. Opwinding. Lust. Ook die gevoelens waren al jaren geleden uit hun relatie verdwenen. Ze was vergeten hoe het voelde. Als Ewoud net verder was gegaan, had ze hem niet tegengehouden. Misschien was het maar goed dat dat niet gebeurd was, dacht ze rationeel. Maar ze

wist dat haar verstand in dit geval een onbeduidende rol speelde.

Mieke zag hun monden bewegen. Ze hoorde geluiden, woorden. Maar de betekenis drong niet
tot haar door. Ze keek naar hem. Hij praatte, lachte. Sloot zijn ogen, schudde zijn hoofd.
Nam een slok. Er bleef een beetje wijn achter
op zijn lippen. Een druppel die hij niet weglikte.
Ze stelde zich voor dat zij het deed. Haar hart
bonkte.

'Hebben we koffiemelk?'

De stem kwam van ver weg. Ze keek op, ge-
desoriënteerd. Het was Thom. Hij had een be-
lachelijk schort om en stond met een beker in
zijn hand. Hij wachtte duidelijk op antwoord. Ze
dwong zichzelf iets te zeggen, al had ze geen idee
wat het antwoord op de vraag was.

'Nou?' vroeg Thom ongeduldig.

Mieke schudde haar hoofd.

'Wendy wil melk in haar koffie.'

'Heb je geen gewone melk?' Dat was Wendy.
'Dat is ook prima, hoor.'

Thom verdween. Mieke keek weer naar Ewoud.
Vanmiddag was door de kinderen het plan op-

gevat om weer samen te eten. Natuurlijk had ze het prima gevonden. Thom niet. Zijn eerdere enthousiasme was alweer wat getemperd. Hij wilde vanavond liever met z'n vieren eten. Maar Roos en Femke waren nadat Mieke "ja" had gezegd al weggerend om de uitnodiging over te brengen. Thom was er nog boos om geworden, maar Mieke had haar schouders opgehaald en had bedacht wat ze zou aantrekken. Veel had ze niet bij zich, dat paste niet in de auto. Maar het simpele zwarte jurkje dat ze droeg was precies goed voor vanavond. Ze had Ewouds bewonderende blik gezien toen hij aan kwam lopen. Ze had zijn hand op haar taille gevoeld toen hij haar begroette. Zijn warme adem langs haar oor. De woorden die nu nog nagalmden.

'Ik ga morgen een eindje wandelen. Ga je mee?'

Ze had ja gezegd. Natuurlijk. Ze kon niet anders. Ze wist niet wat het was dat deze man met haar deed. Betovering, anders kon ze het niet omschrijven. Ze was in de ban van hem. Ze wilde in de ban zijn.

Ze keek van zijn lippen naar zijn handen. De plek waar hij haar had aangeraakt leek te gloeien, al was het uren geleden. Zou hij hetzelfde voelen?

Zijn uitnodiging was niet mis te verstaan. Hij wilde haar net zo goed.

Ergens speelde er een ander gevoel. Schuld was het niet. Spijt evenmin. Het was een heel zacht stemmetje dat haar influisterde dat het niet netjes was. Dat als dit uitkwam, haar huwelijk definitief over zou zijn. Maar ze negeerde het. Het liet zich negeren.

Mieke wist niet hoeveel tijd er was verstreken toen Wendy aankondigde dat ze moe was. Ze stond op. Ewoud knikte. De kinderen zaten in de tent een spelletje te doen. Wendy riep hen. Mieke keek op haar horloge. Iets na half elf. Niemand keek haar raar aan. Blijkbaar had ze zich normaal gedragen. Ze had met Wendy gepraat. Op het juiste moment geknikt en antwoord gegeven. Wendy had niet eens gemerkt dat ze met haar gedachten ergens anders zat. Of wel, maar ze had er niets van gezegd. Het kon Mieke ook niet schelen. Niets kon haar nog schelen. Misschien merkte Thom ook wel dat ze zich anders gedroeg dan anders, maar kon het hem niet schelen, of wist hij wel beter dan er iets van te zeggen. Waarschijnlijk was hij bang dat als hij zou vragen wat er was, zij over hun problemen zou beginnen. De grote roze olifant die midden in de kamer stond, maar waar ze allebei niet over begonnen. Dat die olifant voor haar was geslonken tot het formaat van een onbeduidende mug, hoefde hij niet te weten.

Wendy stond weer voor haar neus en pakte haar met beide handen bij haar schouders. 'Bedankt voor het lekkere eten.' Ze gaf haar drie zoenen. 'Het was weer hartstikke gezellig. Thom stelde voor om met z'n allen naar een attractiepark te gaan. Dat lijkt ons heel erg leuk.'

'Prima', zei Mieke meteen, iets te enthousiast misschien. 'Goed idee. Heb je al iets in gedachten?'

'Nee, maar ik zag allerlei foldertjes liggen bij de receptie. Ik ga morgen even wat halen en dan kijken we wel wat ons allemaal leuk lijkt.'

'Ja. Laten we dat doen.' Morgen. Morgen had ze heel andere plannen.

Wendy draaide zich om en zei Thom gedag. Ewoud kwam naar haar toe. Mieke hijgde een beetje. Ze keek op, had het gevoel dat ze verdronk in zijn ogen. Hij boog voorover om haar gedag te kussen. Haast onhoorbaar zacht, naast haar oor, zei hij: 'Twee uur. Receptie.'

Ze bewoog haar lippen om antwoord te geven, maar er kwam geen geluid. Dat hoefde ook niet. Ewoud wist zo ook wel dat ze er zou zijn.

4

MIEKE KEEK NAAR HAAR HAND. HIJ TRILDE EEN beetje. Ze was nerveus, de hele dag al. Het was half twee. Bijna tijd om te gaan. Ze keek naar zichzelf in het kleine spiegeltje aan de binnenkant van haar make up-tasje. Ze had zich opgemaakt, veel meer dan ze normaal gesproken op vakantie deed. Thom zag het toch niet. Hij was gaan zwemmen met de meiden. Ze hadden ruzie gemaakt, vanochtend. Hij wilde met het hele gezin naar het zwembad, zij had gezegd dat ze een mooie wandelroute had gezien bij de receptie en dat ze die wilde lopen. Thom haatte wandelen, ze wist zeker dat hij niet mee zou gaan. Ze hadden er op vakantie wel vaker discussies over gevoerd. Mieke vond het leuk om de omgeving te voet te verkennen, maar ze kreeg Thom nooit mee. De paar keer dat ze haar poot stijf had gehouden en ze samen waren gegaan, had hij een paar uur lopen klagen om vervolgens bij de tent te verkondigen dat hij dit nooit meer ging doen. Roos en Femke leken daarin precies op hun vader – Mieke hoefde er niet op te rekenen dat ze haar dochters warm kon maken voor een mooie wandelroute.

Vandaag beschouwde ze dat als een zegen. Al had Thom nukkig gereageerd op haar wandelplannen en had hij haar verweten dat ze niet genoeg tijd in haar gezin stopte, in haar huwelijk. En ook dat het zo natuurlijk nooit goed kwam tussen hen. Mieke had hem aangehoord, maar ze had niet de minste behoefte gevoeld zich te verdedigen. In haar gezin, haar kinderen, stopte ze veel tijd. Thom kon haar van alles verwijten, maar niet dat ze geen goede moeder was. En in haar huwelijk...

Scheiden. Waar de gedachte daaraan haar eerst weerzin en angst had ingeboezemd, had het woord de laatste dagen een andere betekenis gekregen. Ze zag niet meer de honderden grote en kleine bezwaren, ze zag nu ook mogelijkheden. Vrijheid. Nieuw geluk. Misschien was hun huwelijk op sterven na dood en was het gewoonweg niet mogelijk om het nieuw leven in te blazen. Thom leek zich ook niet bepaald tot het uiterste in te spannen om dat te doen. Toen ze had gezegd dat ze ook wilde wandelen om na te denken, had hij met zijn ogen gerold en nadrukkelijk gezucht.

Ze pakte een flesje water en stopte het in haar tas. Ze keek naar haar iPhone, die buiten op het kampeertafeltje lag. Thom had hem vanochtend gebruikt, hij had er internet opgezet via een of andere Franse provider. Een beetje cynisch bedacht ze dat als hij eerder dan zij bij de tent kwam, hij de telefoon meer zou missen dan haar. Ze pakte het toestel en aarzelde even of ze het mee moest nemen. Toen stopte ze het toch maar in haar tas.

Ze pakte zonnebrand, zette haar zonnebril op en keek op haar horloge. Tien over half twee. Het was maar vijf minuten lopen naar de receptie en ze wilde niet te vroeg zijn. Als Thom haar zou zien, of erger nog: hen samen, had ze heel wat uit te leggen.

Ze ging zitten, maar stond weer op. Liep de tent in, maar stapte weer naar buiten. Ze was veel te onrustig. Ze checkte opnieuw de inhoud van haar tas. Misschien moest ze gympen meenemen. Ze droeg teenslippers, Thom zou nooit geloven dat ze daarop een hele wandeling had afgelegd. Ze had alleen geen wandelschoenen bij zich, alleen een paar gympen. Ze legde ze bij haar spullen. Ze had geen zin om ermee te sjouwen, maar ze kon ze wel op een onopvallende plek leggen en ze bij terugkomst aantrekken. Mieke zuchtte even. Thom was niet iemand met veel oog voor detail, maar ze moest wel zorgen dat haar verhaal kloppend was. Want als hij eenmaal een vermoeden had, hoe klein ook, zou hij niet rusten voor hij had uitgezocht hoe het zat.

Ze pakte haar toilettas opnieuw en checkte haar make up. Ze bracht wat lipgloss aan en depte haar voorhoofd. Ze had het bloedheet. Het was een warme dag en de zenuwen maakten het nog een beetje erger. Voor de vierde keer spoot ze deodorant op. Ze droeg een felrood zomerjurkje en donkere vlekken zouden het behoorlijk ontsieren. Thom had niks over haar outfit gezegd. Ze hoopte maar dat de gympen genoeg waren om het een wandeloutfit te laten lijken. Ze had overwogen een short en T-shirt aan te trekken, maar daarmee wilde ze bij Ewoud niet aankomen.

Ze vroeg zich af hoe hij zich nu voelde. Zou hij zich ook druk maken over wat hij aantrok? Waarschijnlijk niet. Dat soort zaken leek hem niet te boeien. Hij had iets ongenaakbaars over zich. Iets ongrijpbaars. Misschien maakte dat hem juist wel zo aantrekkelijk. Er was iets geslotens aan hem. Ze vermoedde dat hij zich ook niet opende voor wie het dichtst bij hem stond. Misschien had het te maken met wat er was gebeurd in zijn leven. Een deel van Ewoud zou altijd onbereikbaar blijven. En daarom wilde ze hem.

Het was vijf voor twee. Tijd om te gaan. Met bonkend hart pakte ze haar tas. Ze keek naar haar telefoon in het speciale vakje. Ze kon hem altijd uitzetten.

Ze ging op weg naar de receptie. In haar keel zat een soort giechel, alsof ze weer zestien was. Ze had altijd gedacht dat als je een affaire had, je je bezwaard voelde, maar zo opgewonden was dat je er geen weerstand aan kon bieden. Maar zo voelde het niet. Ja, ze was opgewonden, maar niet op die manier. En bezwaard voelde ze zich al helemaal niet. Ze vermeed de weg langs het zwembad, maar niet omdat ze dacht dat ze zou gaan twijfelen als ze Thom of de kinderen zag.

Hij stond er al, zag ze meteen. Met zijn rug naar haar toe leunde hij tegen een hekje. Hij zag er ontspannen uit in zijn zwarte korte broek en mouwloze shirt. Hij had een kleine tas bij zich.

Ze rechtte haar rug en haalde nerveus een hand door haar haar. Ze liep op hem af. Hij bewoog zich niet, draaide zich niet om om te zien of ze er al aankwam. Pas toen ze heel dichtbij was, leek hij haar voetstappen op te merken. Ineens keek hij haar recht aan. Ze hijgde een beetje.

'Hai', zei ze.

Hij keek haar aan, zijn blik leek haar te doorboren. Even was het stil, toen zei hij: 'Je bent gekomen.'

'Natuurlijk ben ik gekomen.'

'Laten we gaan.'

Hij liep weg, ze volgde hem. Haar hart hamerde. Er was geen weg meer terug. Ze wilde ook niet terug. Ze wilde met hem mee.

Even buiten de camping bleef hij plotseling staan. Ze liep bijna tegen hem op. 'Ik heb een

wandelroute gezien. Maar misschien wil je helemaal niet wandelen.'

Mieke slikte. 'Natuurlijk wel.'

Deze keer liep hij niet voor haar uit, maar naast
haar. Ze voelde zijn nabijheid, kon het zweet op
zijn blote armen bijna voelen. Hij zei niets. De
stilte was zwaar en beladen en ze durfde hem niet
te doorbreken. Ze wilde dat het zo bleef.

Plotseling sloeg hij linksaf, een pad in dat ze
nog niet eens had gezien. Aan weerszijden ervan
stond de beplanting tot schouderhoogte. Het pad
was hier en daar wat verhard, maar bestond voor-
namelijk uit zand. Het zag er niet uit alsof het veel
werd gebruikt.

'Hier begint de route', zei Ewoud, wijzend op
een paaltje. Snel legde ze de zak met de schoenen neer. Voor straks, maar daar wilde ze nu niet
aan denken. Ze keek naar de aangegeven route.
Er had net zo goed niks kunnen staan. Ze gingen die route niet lopen, dat wisten ze allebei. Ze
keek hem aan. De lucht was nu loodzwaar, geladen met lust. Ze zette een stapje in zijn richting. Meer aanmoediging had hij niet nodig. Hij
pakte haar vast, hard, ruw. Ze drukte zich tegen
hem aan, hief haar gezicht. Zijn lippen raakten de

hare, zijn tong was overal. Ze greep zich aan hem vast om niet te vallen. Hij klemde haar tegen zich aan. Hij was sterk, zijn armen voelden als ijzer om haar heen. Het was beter dan de vorige keer, heftiger ook. Er was niemand die hen zag. Ze voelde zijn handen over haar rug glijden, lager, naar haar billen. Zijn vingers grepen haar bezitterig vast. Ze drukte zich nog dichter tegen hem aan. Als hij haar wilde, mocht hij haar hebben. Ze voelde zich alsof ze in één klap wakker werd geschud uit een jaren durende winterslaap.

Ewoud rukte zich los. Ze zag honger in zijn ogen. Hij greep haar pols. 'Kom mee.'

Het pad versmalde zich al snel en leidde naar een bomenrij. Toen ze dichterbij kwamen, zag Mieke dat die rij het begin was van een pijnbomenbos. Vlak ervoor was een klein paadje naar rechts, waar Ewoud in liep. Blijkbaar kende hij de weg hier. Ze volgde hem. Links werd het pijnbomenbos steeds dichter, rechts nam het struikgewas toe.

Ineens stond Ewoud weer stil. Deze keer wachtte Mieke niet tot hij het initiatief nam. Ze sloeg haar armen om zijn middel en begon hem te zoenen. Hij reageerde onmiddellijk. Deze keer stopte hij niet. Zijn handen waren overal tegelijk. Ze wist niet hoe hij het deed, hij leek precies te weten wat ze wilde. Hij trok haar mee tussen de bomen. Ewouds vingers peuterden aan de rits van haar jurkje. Ze wilde helpen, maar hij had het al open. Het laatste stukje trok hij hard los. Ze hoorde stof scheuren. Het was niet belangrijk. Het enige wat telde was hij. Ze was zich vaag bewust van een geluid uit haar tas. Een gezoem. Haar telefoon op de trilstand. Ze had hem moeten uitzetten. Maar hun gehijg overstemde het geluid en ze hoorde het niet meer. Ewouds handen gleden omlaag over haar buik. Ze kreunde. Aan haar telefoon dacht ze niet meer. Aan haar gezin al helemaal niet.

Mieke werd zich bewust van het gezoem van een vlieg. Ze bewoog loom haar hand om het beest weg te jagen. Ewoud kreunde licht. 'Niet weggaan.'

Ze draaide haar hoofd. Haar wang lag tegen zijn borst. Takjes prikten tegen haar huid. Overal zat aarde en zand en naalden, maar het deerde haar niet. En dat voor iemand die een hekel had aan viezigheid. Ze glimlachte in zichzelf. Die persoon kende ze niet meer. Ze had het gevoel dat ze vanaf nu nooit meer dezelfde zou zijn.

Ze liet haar vinger een spoor trekken door Ewouds borsthaar. Naar zijn navel. En lager, tot hij haar hand pakte en grinnikte. 'Niet zo gulzig.'

'Kan ik niks aan doen.'

Hij richtte zich een beetje op tot hij op één elleboog steunde. Ze kwam ook wat omhoog. Ewoud keek om zich heen. 'Enig idee waar de kleren zijn?'

Mieke liet zijn blik geen moment los. 'Geen idee. Heb je ze nodig?'

Hij haalde zijn hand over zijn haar, zoals ze hem al vaker had zien doen. Het leek een tic te zijn. 'Ooit wel, ja.'

'Ooit.' Mieke schoof nog wat dichter naar hem toe. 'Maar nu nog niet.'

Ze had geen idee waar die kleren waren en het kon haar ook niet schelen. Al waren ze voor altijd weg en moesten zij en Ewoud hier blijven liggen. Ze vond het prima. Ze kon zich sowieso niet voorstellen dat ze Thom weer onder ogen zou komen. Hij zou het meteen aan haar zien.

Het enige wat ze zag was haar tas, die op een paar meter afstand lag. Ze hoorde opnieuw gezoem en wilde weer een vlieg wegslaan, maar realiseerde zich toen dat het geen beest was. Het geluid kwam uit haar tas.

Haar telefoon! Ze schoot nu helemaal overeind en hengelde naar haar tas. Ewoud protesteerde. Mieke voelde haar hartslag rijzen. Wie belde haar? Thom?

Ze zag haar vermoeden bevestigd toen ze in haar tas rommelde en haar telefoon tevoorschijn haalde. In één klap was de loomheid verdwenen. Haar gedachten raasden rond. Als ze opnam, zou ze moeten zeggen waar ze was. Als ze niet opnam, maakte ze zichzelf meteen verdacht. Dan zou hij later vragen waarom ze haar telefoon niet had beantwoord en ze wist niet of ze goed genoeg kon liegen.

Hevig aarzelend hield ze haar vinger boven het schermpje. Opnemen of niet?

'Wie is dat?' vroeg Ewoud. Hij was inmiddels bezig zijn broek aan te trekken.

Ze keek op. 'Thom. Ik weet niet...'

Het dilemma loste zich voor even op doordat de oproep overging en het scherm op zwart sprong, maar daarmee was het probleem niet van de baan. Moest ze terugbellen? Doen alsof ze net te laat was?

'Kom.' Ze voelde Ewouds hand op haar arm. 'Relax. Je ziet hem straks weer en dan hang je een verhaal op.'

Mieke schudde haar hoofd. Was het maar zo makkelijk. Besluiteloos drukte ze op het knopje van haar iPhone.

Ze sperde haar ogen open. Haar hartslag schoot weer omhoog. Ze had niet één, maar zes gemiste oproepen van Thom.

'Wat is er?' vroeg Ewoud, die merkte dat ze verstrakte.

'Hij heeft me zes keer gebeld. Er is vast iets met de kinderen!'

'Ach welnee', zei Ewoud rustig. 'Hooguit heeft hij een vermoeden dat je niet aan het wandelen bent, en daarom heeft hij gebeld om uit te vinden wat je dan aan het doen bent.'

'Thom zou me echt niet zes keer bellen', zei Mieke nerveus. 'Dat doet hij alleen als er iets aan de hand is. De kinderen zijn in het zwembad, straks is er iets ergs gebeurd!'

Met een trillende vinger drukte ze op de knop van haar telefoon om het toetsenbord te ontgrendelen. Nu pas zag ze dat Thom niet alleen had gebeld, maar ook had ge-sms't. Snel drukte ze op het berichtenicoontje. Ze durfde bijna niet te kijken.

"Waar ben je?" was het eerste bericht. Gevolgd door nog meer korte sms'jes.

"Neem je telefoon op."

"Is belangrijk!!!"

"Ik moet je spreken."

'Wat is er?' Ewoud las over haar schouder mee, terwijl zijn hand over haar rug streelde.

'Ik moet hem bellen', zei Mieke beslist. 'Als er iets is met de kinderen, dan moet ik dat weten.'

Terwijl ze zat te lezen kwam er een nieuw berichtje binnen. Haar ogen vlogen eroverheen.

"Ben je met Ewoud? Wendy gesproken. Zegt dat hij ook wandelen is. Is hij daar?"

'Shit', zei ze hardop. 'Hij weet het.'

Ewoud had het al gelezen. Zijn hand bevroor, hij verstijfde. 'Wendy mag het niet weten.' Hij greep Miekes arm vast. Van een teder gebaar was geen sprake meer, zijn greep was hard en hij deed haar pijn.

Opnieuw kwam er een sms'je binnen. "Hij is gevaarlijk. Wordt gezocht. Check nieuws."

Mieke moest het bericht twee keer lezen voor de inhoud tot haar doordrong. Haar hart bonkte nu tegen de binnenkant van haar ribbenkast. Er ging van alles door haar heen. Verbijstering werd gevolgd door angst en paniek. Wat had dit te betekenen?

Ewouds greep om haar arm werd strakker. 'Wat moet dit voorstellen?' vroeg hij.

Er liep een rilling over Miekes rug. Zijn stem was ineens ijskoud.

'Ik weet het niet, ik...' Ze slikte. Wat bedoelde Thom? Gevaarlijk? Gezocht?

Ze keek om, recht in Ewouds staalharde blik.

Ze hoorde haar telefoon trillen. Een nieuwe oproep. Ze wilde opnemen, maar Ewoud was sneller. Hij trok haar telefoon uit haar hand en liet haar arm los. Ze keek naar het toestel in zijn grote hand. Geen van beiden zei iets.

Nieuws, gevaarlijk, gezocht – de woorden buitelden over elkaar heen in haar razende gedachten. Ze wilde iets zeggen, maar haar tong leek verlamd. Waar had Thom het over? Probeerde hij haar bang te maken, zodat ze sneller terug zou komen? Of was het echt waar?

Ewoud keek alleen maar. Zijn gezicht was hard, zijn houding dreigend. Ze kon hem niet doorgronden. Hij leek groter dan net. Waarom had ze niet eerder gezien hoe groot hij was? Hij moest richting de twee meter gaan.

Uit haar ooghoek zag ze haar jurk liggen. Ze slikte en strekte haar hand ernaar uit. Aarzelend. Bang voor Ewoud, al wist ze niet waarom. Gezocht, gevaarlijk... Ze probeerde haar gedachten te ordenen. Verkeerde ze in gevaar? Overdreef Thom? Wie zocht er dan naar Ewoud? Het klopte niet, het verhaal was te vaag. Maar dat het beter was om weg te gaan, dat leed geen twijfel. Een gevoel van onbehagen had zich in haar genesteld. Onrust. Ze wilde terug naar de camping.

Haar vingers raakten de stof van haar jurk. Ewoud bewoog niet. Ze trok het kledingstuk over haar hoofd. Nu ze niet meer naakt was, voelde ze zich minder kwetsbaar. Maar nu ze allebei weer kleding droegen, was het gevoel tussen haar en Ewoud ook veranderd. Alsof die lagen stof een afstand hadden gecreëerd, die niet meer te overbruggen was.

Ze schraapte haar keel. Het klonk als een kanonschot. 'Laten we teruggaan.'

Ewoud hield zijn hoofd schuin en lachte kort. Het klonk nep en ijskoud. 'We kunnen niet terug.'

'Er is vast een goede verklaring. Ik weet niet waarom Thom me zulke berichten stuurt. Er moet sprake zijn van een misverstand.'

Ewoud reageerde niet. Hij leek ineens ver weg met zijn gedachten.

'Ewoud, laten we...' zei Mieke.

'Nee.' Zijn stem was zacht, maar de spijkerharde ondertoon ontging haar niet. 'We gaan nergens heen.'

Hij ging op de grond zitten, zijn armen rustend op zijn knieën. Zijn gedachten leken ver weg. De stilte tussen hen was zwaar en geladen. Mieke durfde hem niet te doorbreken. Het enige geluid kwam van het zachte ruisen van het gras in een briesje en een vogel die hard zat te fluiten. In een andere situatie zou het idyllisch zijn geweest.

'We gaan nergens heen', herhaalde Ewoud, meer tegen zichzelf dan tegen haar.

Mieke slikte. Er klonk iets dreigends door in zijn stem wat een rilling over haar rug joeg. Gezocht, gevaarlijk... Ze moest Thom spreken, maar Ewoud hield nog altijd haar telefoon stevig in zijn hand.

'We moeten weg', zei Ewoud nu. 'Als we hier blijven...' Hij schudde zijn hoofd. Ze zag van alles op zijn gezicht. Woede, paniek, dreiging en nog iets wat ze niet kon thuisbrengen. Een hardheid die iets verborgen hield. Ze wist niet wat. Vanuit haar binnenste verspreidde een steeds sterker wordend gevoel zich als een hete stroom door haar lichaam. Misschien was het angst, of paniek. Ze wist alleen dat ze weg moest. Bij hem vandaan. Ze had een fout begaan door met hem mee te gaan.

'Laten we teruggaan', probeerde ze opnieuw. 'Hoe langer we wegblijven, hoe meer moeite we zullen hebben een goede verklaring te vinden.'

Ewoud keek haar nu recht aan. Ze huiverde. 'We kunnen niet terug', zei hij hard. 'Ze komen erachter.'

'Ik zal niets zeggen', probeerde Mieke. Ze hoorde dat haar stem paniekerig begon te klinken, maar ze kon er niets tegen doen. 'Ik zal vertellen...'

'Ik zei nee!' Plotseling schoot Ewoud overeind. Hij torende nu hoog boven haar uit. Onwillekeurig kromp Mieke een beetje in elkaar. De paniek schoot door haar lichaam. Ze wilde wegrennen, terug naar de bewoonde wereld, naar de veiligheid, maar iets hield haar tegen. Ewoud had een verbeten uitdrukking op zijn gezicht. 'Jij zegt helemaal niks', siste hij tegen haar. 'Je gaat niet terug. Het kan niet.'

'Het kan wel', riep Mieke, sterker dan ze zich voelde. 'We moeten nu teruggaan. Het is niet te laat om het misverstand recht te zetten.'

'Misverstand?' Ewoud gooide zijn hoofd in zijn nek en lachte honend. 'Denk je echt dat het zo makkelijk is?'

'Wel als ik zeg dat...'

'Houd je bek!' Ewoud greep haar bij haar arm en sleurde haar omhoog. Zijn vingers voelden aan als een ijzeren klem. Ze kon een kreet niet tegenhouden.

Nu ze overeind stond, kwam ze tot zijn borst. Ze keek naar hem op. Zweetdruppels parelden op zijn voorhoofd en in de stoppels op zijn kin. Ze voelde weerzin. Hoe had ze hem aantrekkelijk kunnen vinden? Hoe had ze... Ze huiverde van afkeer.

'Er is geen misverstand. Je hebt het toch zelf gelezen? Ik word gezocht. Ze denken dat ik...' Hij schudde wild met zijn hoofd. 'Ze weten niks, ze hebben niks. Ze kunnen het niet weten!' Ewoud greep haar andere arm ook vast. Hij kneep hard in haar vlees, keek haar aan met een onheilspellende blik. Ze had nog nooit zoiets gezien. Dreiging, woede, minachting. Hij was onberekenbaar. Veranderde in een paar seconden in iemand die ze niet kende, iemand bij wie ze ver uit de buurt zou zijn gebleven. Hij keek over haar heen naar een punt in de verte. Zij richtte haar blik op haar telefoon, die hij op de grond had laten vallen. Ze overwoog haar kansen.

'Natuurlijk weten ze niks', zei ze. Ze hoorde haar eigen ademhaling; snel en hortend. Een beetje hijgend, alsof ze een eind had gelopen. 'Ze kunnen je niks maken. Wie het ook is die jou zoekt, ze...'

'Houd je bek dicht!' Zijn greep verstevigde zich. 'Je weet niet waar je het over hebt. Ze denken dat ik het heb gedaan. Ze weten het zeker. Ze zoeken mij, maar ze hebben het fout. Ik kon er niks aan doen. Ik... Zij...'

Er schoten flitsen door haar hoofd. Mieke probeerde ze te vatten, probeerde rustig te blijven, maar het lukte niet. "Ze denken dat ik het heb gedaan." De woorden schoten door haar gedachten. Moordzaak, onderzoek, verdachte – ze had niet geluisterd, maar ze had Thom het allemaal horen zeggen. Flarden van een gesprek kwamen terug. Ze hoorde Thoms stem. "Ze denken dat hij in Frankrijk zit." Als een golf kwam het besef op haar af. Ze probeerde het af te wenden, niet te laten doordringen. Haar mond was droog, haar spieren stonden tot het uiterste gespannen. Fysiek was ze geen partij voor hem. Ze moest iets anders bedenken. Rustig blijven. Proberen hem op andere gedachten te brengen, over te halen met haar mee te gaan. Zijn vertrouwen winnen.

Ze likte aan haar lippen en proefde zand en de zouterige smaak van het zweet op haar bovenlip. 'Ewoud...' zei ze met een zachte stem, waarin meer angst doorklonk dan ze zou willen. 'Laten we goed nadenken. Het enige wat we kunnen doen is...'

'Hoe vaak moet ik het nog zeggen?' schreeuwde hij. Zijn stem klonk grommend. 'We gaan niet weg. We gaan nergens heen. Jíj gaat nergens meer heen.' Zijn gezicht was nu vlak bij het hare. Hij hield zijn kiezen op elkaar geklemd. Ze wendde haar blik niet af, ze mocht niet breken.

Ewoud hijgde. Was hij bang? Waarschijnlijk niet. Dat stadium was hij voorbij. Hij was woedend, razend dat hij werd beschuldigd. Had hij het gedaan? Ze had gezien hoe hij kon veranderen, in minder dan een paar seconden. Zou het kunnen? Waarschijnlijk wel.

Ze schrok toen vanaf de grond opnieuw een hard, zoemend geluid klonk. Ewoud hoorde het ook. Heel even was hij afgeleid. Nog voor ze het zelf besefte, maakte ze gebruik van de halve seconde die ze kreeg. Met een ruk trok ze haar arm weg. Hij greep er meteen naar, maar miste. Ze trok haar andere arm los. Tot haar eigen verbazing lukte het. Ze dacht niet na, gunde zichzelf geen tijd. Ze dook naar de grond, greep haar telefoon en begon te rennen. Weg hier, terug naar de bewoonde wereld. Ze was vlug. Misschien had ze een kans. Ze ramde op het scherm van de telefoon, moest Thom bellen. Maar haar vingers deden niet wat ze wilde. Het lukte niet.

Ze begon nog harder te rennen. Pijnlijke steken in haar voeten. Ze stootte tegen stenen en takken, maar minderde geen moment vaart. Geen tijd te verliezen.

Ze voelde hem voor ze hem zag. Ze gilde toen zijn hand zich om haar bovenarm sloot. Zijn vingers leken van ijzer, ze klauwden in haar vlees. Haar eigen schreeuw klonk alsof die niet van haar kwam. Rauw. Hij rukte aan haar arm. Wanhopig probeerde ze los te komen. Ze viel. Ze hield haar hand om haar telefoon geklemd. Raakte het scherm aan. Haar laatste kans om te bellen. Ewoud gromde iets. Hij sloeg naar haar telefoon, maar ze trok haar hand weg. Ze wist niet of ze Thom al had gebeld. Ze probeerde te kijken, maar ze zag niets. Ewoud was boven op haar komen liggen. De lucht werd uit haar longen geperst. Hij greep haar hand, kneep zo hard dat ze los moest laten. Haar telefoon viel. Hij slingerde hem weg. Ze schreeuwde en vocht om onder hem vandaan te komen, maar ze had geen schijn van kans.

Plotseling verdween zijn gewicht van haar lichaam. Ze had een halve seconde nodig om zich te herstellen. Toen vloog ze overeind. Maar het volgende moment voelde ze een vlammende pijn in haar slaap. Ze zag sterretjes en haar benen werden slap. Ze kwam hard neer op de grond. De val bracht haar een beetje bij. Ze bracht haar hand naar haar hoofd en voelde iets warms en plakkerigs.

'Aah', bracht ze uit toen Ewoud zijn knie in haar maag ramde. Een golf gal kwam omhoog, maar ze wist het weg te slikken. Ze kronkelde, maar

Ewoud won het. Hij boog voorover, zijn gezicht kwam dreigend op haar af. In zijn ogen zag ze iets wat ze nog nooit had gezien, bij niemand. Er trok een rilling door haar hele lijf. Ze sperde haar ogen wijd open. Ewoud zweette. Even gebeurde er niets, toen lagen zijn handen ineens rond haar keel. Hij begon te knijpen. Er flitste van alles door haar heen. Ze zag Thom, de kinderen, haar veilige leven, alles kwam voorbij. Voelde het zo om dood te gaan?

'Nee!' Ze gilde uit alle macht. Ze schopte en sloeg, maar haar slagen leken af te ketsen op staal. Ze hapte naar lucht, maar er kwam steeds minder. Haar hart pompte, ze strekte zich om meer zuurstof binnen te krijgen, maar het had geen zin. Ze verloor. Hij was veel sterker. 'Laat me gaan', smeekte ze.

'Nooit', hijgde Ewoud. 'Je komt niet weg, bitch. Jij maakt alles kapot.'

'Ik zal niets zeggen', bracht ze met een piepende stem uit.

'Je liegt', siste Ewoud. 'Jullie liegen allemaal. Ik geloof het niet meer. Je denkt dat ik gek ben.'

Mieke kon alleen maar fluisteren. 'Echt, ik houd mijn mond. Je moet me laten gaan.'

Ewoud lachte, maar er klonk geen enkele vreugde in door. Gestoord, een ander woord kon Mieke er niet voor bedenken. Ze had het niet gezien. Zou Thom het wel hebben geweten? Ze hadden het niet over Ewoud gehad, ze had het onderwerp angstvallig vermeden.

Zijn vingers duwden steeds harder. Blijkbaar had hij besloten het langzaam te doen, haar zo lang mogelijk te laten lijden. Ze moest steeds harder vechten voor lucht. Haar gedachten gingen trager. Beelden van de meisjes bleven voorbij komen, alsof ze haar wilden roepen. Ze wilde hen antwoorden, terugroepen dat ze eraan kwam. Maar het lukte niet. Ze kwam er niet aan. Ze kwam hier nooit meer weg.

Nee! Niet opgeven! Ze begon opnieuw te vechten. Ewouds gewicht voelde als een blok. Honderd kilo, misschien wel meer, die haar tegen de grond drukte. Ze probeerde haar knie op te trekken. Haar linkerbeen zat klem, maar rechts had ze ruimte. Ze bewoog zachtjes. Ewoud mompelde wat. De greep om haar keel verstevigde. Ze twijfelde er niet aan dat hij door zou drukken. Zou hij ervan genieten? Zou hij er destijds van genoten hebben?

Niet afleiden nu. Ze schudde met haar hoofd. Meteen klemden zijn vingers zich vaster. Ze zag flitsen in allerlei kleuren, vlekken vertroebelden haar beeld. Ze concentreerde zich op haar been, maar het zuurstofgebrek maakte het moeilijk. Haar knie. Misschien kon ze hem zo hard raken dat hij in elk geval even zou moeten loslaten, zijn greep moeten laten verslappen. Of zou hij het niet eens voelen? Hij leek van staal. Maar ze moest het proberen. Haar kracht vloeide weg. Ze had geen tijd meer. Ze zoog alle lucht naar binnen die ze kon krijgen. Eén keer, één kans. Ze moest alles erin gooien.

Ze wist niet waar de kreet vandaan kwam, waarschijnlijk was ze het zelf. Met alle kracht die ze kon vinden, ramde ze haar knie tegen Ewoud aan. Ze wist niet eens waar ze hem raakte, maar blijkbaar had het effect. Heel even verslapte zijn greep. Zijn lijf bewoog. Genoeg voor Mieke om zich een klein beetje te verplaatsen. Ineens stroomde er meer zuurstof naar haar hoofd. De druk was niet weg, maar ze werd helderder. Ze kon haar andere been iets optrekken en herhaalde de beweging. Nog een beuk, opnieuw, ze werd duizelig van de inspanning. Het gewicht van Ewouds lichaam verdween niet, maar zijn handen zaten niet meer zo strak om haar keel. Ze kon een beetje bewegen. Ze probeerde onder hem vandaan te kronkelen, maar daarvoor gaf hij haar niet genoeg ruimte.

Ineens haalde hij zijn handen weg. Ze zoog zoveel zuurstof naar binnen dat haar longen pijn deden. Ze hijgde. Had ze hem zo hard geraakt dat hij nu helemaal moest loslaten? Ze begreep het niet, maar dacht niet na. Ewoud zat nog steeds op haar. Ze kon niet weg, maar hij deed ook niets meer. Haar hart bonkte. Bereidde hij zich voor op de volgende stap, de genadeslag?

Ze keek naar zijn gezicht. Hij staarde over haar heen, draaide zijn hoofd, leek zijn oren te spitsen. Als een wild beest dat iets had waargenomen. Hij leek niet meer met haar bezig te zijn. Ze kon niet loskomen en probeerde zich zo stil mogelijk te houden. Hij was onberekenbaar. Ze zette zich schrap voor wat er zou komen. Eén kans om weg te komen, die had ze nodig. Ze moest rennen. Ze hadden tien minuten gelopen, hooguit. Een afstand die ze rennend in een paar minuten kon overbruggen. Op de weg zouden mensen zijn. Hulp. Een paar minuten, dat was alles.

Maar het leek nu heel ver weg. Ewoud zou niet zomaar opstaan. Hij had haar losgelaten, maar ze wist dat hij haar niet zou laten gaan. Hij zou opnieuw beginnen, deze keer harder en sterker. Ze wist het zeker. Hij had het eerder gedaan.

Ewoud maakte een geluid. Een soort diepe grom die uit zijn binnenste leek te komen. Dierlijk, bijna. Hij was een beest. Had Thom dat woord gebruikt? Beestachtig? Ze trilde. Stond haar hetzelfde lot te wachten? En het enige wat zij deed was hier wachten. Ze slikte, likte aan haar lippen. Ze moest iets anders doen.

'Waarom?' vroeg ze met een stem die niet leek op die van haar.

Ewoud leek terug te keren uit zijn trance. Hij keek naar haar, alsof hij verbaasd was dat zij er ook was. Ze dacht dat hij geen antwoord zou geven, maar toen deed hij ineens zijn mond open. 'Het moest.' Ze bespeurde iets van spijt in zijn stem. Niet over zijn daad, maar over de onvermijdelijkheid ervan. Ze sloot even haar ogen. Hoe kon iemand in een paar minuten tijd zo veranderen?

'Waarom?'

Hij zuchtte licht. 'Het kon niet anders. Ik moest haar bij mij houden. Voor altijd. Ze wilde niet, maar ze moest blijven.' Hij knikte even. 'Het moest.'

'Dus heb je haar...' Mieke maakte die zin niet af. Ze moest hem aan haar kant krijgen, niet tegen zich. Ze herstelde zich. 'Ik begrijp het.'

Ewoud snoof. 'Nee, dat doe je niet. Niemand begrijpt het. Maar het was de enige manier.'

'Ik begrijp het. Echt.'

'Ssst.' Hij hief zijn hoofd, leek te snuiven als een hond die een geur ruikt. Er kwam een achterdochtige blik in zijn ogen. Mieke probeerde te luisteren, maar het bonken van haar hart was het enige wat ze hoorde.

'Het moest', herhaalde Ewoud. 'Ik wilde het niet. Maar ik wilde haar niet kwijtraken.' Hij keek Mieke recht aan. 'Ik ben genoeg kwijtgeraakt. Maar niet Wendy. Wendy blijft.'

Zou hij haar ook vermoorden? Of zou ze inmiddels weten wat de echte aard van haar man was? Misschien wist ze het allang. Mieke beet op haar lip. Dat kon toch niet? Zou je je kind blootstellen aan een monster? Elke moeder zou die vraag met "nee" beantwoorden. Als Wendy het had geweten, zou ze de politie hebben gebeld.

De politie. Die zouden haar vinden. Haar lichaam. Filmbeelden van wapperende linten en mannen in witte pakken kwamen in haar hoofd op. De paniek die ze probeerde te onderdrukken zwol in alle hevigheid aan. 'Laat me gaan', zei ze, hoewel ze wist dat het geen zin had. 'Ga terug naar Wendy. Ga door met je leven. Ik houd mijn mond, voor altijd. Maar laat me teruggaan naar mijn kinderen.' Er zat een snik in haar stem. 'Alsjeblieft.'

De ijskoude blik in Ewouds ogen veranderde niet. Hij leek hooguit geïrriteerd. 'Nee', zei hij, hard en toonloos. 'Nooit. Jij pakt me alles af. Jullie liegen allemaal.'

Mieke wist niet wie hij bedoelde. 'Ik niet!' riep ze. 'Geloof me. Geef me de kans om...'

De vuist raakte haar vol in haar gezicht en dreunde na in haar hele lijf. Ze proefde bloed. Ewoud richtte zich op. Zijn handen sloten zich weer om haar keel.

'Nee', zei ze met piepende stem. 'Alsjeblieft niet.'

Maar deze keer wilde hij het wel snel doen. Zijn vingers voelden als stalen klemmen. Ze kreeg geen lucht meer. Haar razende gedachten begonnen te vertragen. Ze dacht dat ze vocht, maar ze wist niet of ze haar lichaam nog kon bewegen. Ze zakte weg. In gedachten schreeuwde ze, maar het geluid bereikte haar lippen niet. Ze hoorde allerlei geluiden. Geschreeuw. Franse woorden. Alles speelde zich af in haar hoofd. Schimmen. Ewoud die iets riep. Haar onderbewuste ging met haar aan de loop. Een mannenstem die ze niet kende. Was het Thom? Nee. Weer Frans. Ze trilde over haar hele lijf. Een golf van duisternis kwam op haar af. Ze kon er niet tegen vechten. Ze liet de golf over zich heen komen tot er niets meer was.

5

'MIEKE!' DE STEM KWAM VAN VER WEG. ZE DACHT
dat ze droomde. Of was het erger? De zwarte golf
kwam in alle hevigheid terug, maar nu overspoel-
de die haar niet. Hij leek op te lossen. Ze voelde
iets. Handen op haar lijf.

Zijn handen!

Met een ruk deed ze haar ogen open. 'Nee!' gilde ze. 'Nee! Laat me gaan!' Haar stem was rauw,
schor.

'Mieke, rustig maar.'

Het was zijn stem niet. Ze kende dit geluid.
Maar ze kon niet rustig worden. Ze kroop weg,
kronkelend over de grond naar achter. Aarde

schuurde langs haar huid, ze haalde zich open aan een steen, maar ze voelde het nauwelijks. Ze moest vluchten. Niemand hield haar tegen. Was hij weg? Het maakte niet uit, ze had geen tijd te verliezen.

'Mieke, wacht.' Weer die stem. Bekend, maar ze wist het niet. Ze kon maar aan één ding denken. Weg.

Een hand greep haar. Ze rukte zich los, maar werd opnieuw vastgepakt. 'Mieke.' Dwingender nu. Ze trok zich terug, maar iemand pakte haar andere hand. 'Ik ben het. Thom. Je bent veilig. Hij is weg.'

Ze schudde haar hoofd. 'Nee. Kan niet. Ik moet...' Ze trilde.

'Je hoeft niks. Hij is weg. De politie heeft hem opgepakt. Je bent veilig.'

Ze voelde armen om zich heen. Een vertrouwde warmte, een geur die ze kende. De woorden begonnen tot haar door te dringen. Opgepakt. Veilig. Thom.

Heel langzaam begonnen haar spieren zich te ontspannen. Het trillen nam toe. Ze wist niet of ze ooit nog kon stoppen. Of ze ooit nog helemaal kon ontspannen. De beelden kwamen terug op haar netvlies. De harde blik in zijn ogen. De vingers rond haar keel. Haar hand vloog naar de plek. Het voelde beurs. Maar ze kon ademen.

'Rustig maar', zei Thom zacht. Hij streelde over haar rug, teder. 'Kalm maar. Ik ben er. Je bent veilig.'

Er welden tranen op in haar ogen. Ze snikte. 'Het spijt me. Het spijt me zo verschrikkelijk. Ik had...'

'Sst.' Thom legde zijn kin op haar hoofd. 'Stil maar. Ik weet het. We hebben allebei fouten gemaakt. Maar het komt goed.' Hij legde zijn vinger onder haar kin en keek haar recht aan. Ze zag de bezorgdheid in zijn blauwe ogen, er schemerde angst in door. Hij slikte. 'Ik dacht dat ik je kwijt was. En dat was de meest vreselijke gedachte die ik ooit heb gehad. Ineens realiseerde ik me hoeveel pijn me dat zou doen.' Hij leunde naar voren en kuste haar. Ze huiverde. Ze dwong zichzelf niet te denken aan die andere kus. Ze moest het vergeten. Het was een fout, een harde, dure fout.

Ze knikte. 'Ik begrijp het als je boos bent.'

Thom schudde zijn hoofd. 'Ik was boos, ja. Maar dit...' Hij keek even weg. Ze zag pijn in zijn ogen.

Mieke wilde iets zeggen, maar er kwamen geen woorden.

Na een tijdje ging Thom verder. 'Denk je dat ik het niet heb gezien? De manier waarop je naar Ewoud keek? Het droop ervanaf. Ik vond het erg, ik wilde het niet, maar ik was niet bij machte het tegen te houden. Of misschien dacht ik dat ik het niet erg genoeg vond, ik weet het niet.' Hij schudde zijn hoofd. 'Ik had niet gedacht dat je verder zou gaan dan dat geflirt. Maar toen ik het nieuws las...'

Zijn stem stierf weg.

Mieke schudde haar hoofd. 'Ik heb het gewoon niet gezien.'

'Je kon het niet weten.'

'Hoe wist jij het dan?'

'Dankzij de iPad. Ik las het Nederlandse nieuws op internet, het ging over die oude moordzaak uit Haarlem. Toen zag ik dat ze er een foto bij hadden gezet van de man van het slachtoffer, met de mededeling dat hij nu als verdachte werd beschouwd. Het was een oude foto, maar ik herkende hem meteen. Ik kreeg direct een raar gevoel, ik denk dat ik al die tijd al wist dat er iets niet klopte in jouw verhaal.'

Mieke boog haar hoofd. Er drupten tranen op de zandgrond. Ze veegde langs haar ogen, maar de tranen bleven komen.

'Ik raakte in paniek,' ging Thom verder, 'maar ik wilde niet dat de kinderen iets merkten. Ik heb gezegd dat ik iets vergeten was bij de tent en ben naar Wendy gegaan. Ze zei dat Ewoud was gaan wandelen. Toen werd ik pas echt ongerust.'

'Wist zij...' Mieke hoefde haar vraag niet af te maken.

Thom schudde zijn hoofd. 'Ze schrok zich kapot, volgens mij. Maar aan de andere kant, ik kan me niet voorstellen dat ze nooit iets heeft gemerkt. Ze probeerde me nog over te halen de politie niet te bellen. Voor de kinderen.'

'Maar daar heb je niet naar geluisterd', zei Mieke.

'Nee, ik heb meteen gebeld. Het duurde even voor ik iemand te pakken had die Engels sprak, maar daarna ging het ook snel.' Thom leek ver weg met zijn gedachten, alsof hij niet meer tegen haar, maar meer tegen zichzelf praatte. 'Er kwamen vier politieauto's, maar ik had geen idee waar je was.'

Mieke beet op haar lip. 'Ik probeerde je te bellen terwijl ik wegrende. Ik wist niet of het lukte, ik kon niet stilstaan.'

Thom schudde zijn hoofd. 'Was dat maar gelukt, dan was je sneller gevonden. Nu moest de politie eerst op zoek naar bruikbare aanwijzingen. Gelukkig vonden de agenten de tas met jouw schoenen. Toen zijn ze dat pad ingegaan. Ik mocht niet mee, ik moest wachten. Dat waren de zwaarste minuten uit mijn leven.' Hij keek haar recht aan. Ze zag de tranen in zijn ogen. 'Ik dacht dat ik je kwijt was', zei hij opnieuw.

Mieke slikte een brok weg. 'Ik denk dat we weten wat ons te doen staat.' Ze voelde Thoms arm om haar heen en kroop dichter tegen hem aan. 'Het komt wel goed', zei ze zacht. Thom kuste haar haar.

Langzaam maakte Mieke zich los. 'Ik wil naar de kinderen.' Bezorgd keek ze Thom aan. 'Ze weten het toch niet?'

'Ze waren in het zwembad, ik denk niet dat ze iets hebben meegekregen van de politieauto's. Ik heb hun gezegd dat ze moesten gaan zwemmen en dat ik hen zou komen halen. We zullen ze wel iets moeten uitleggen.'

Mieke stond op. Haar hele lijf voelde stram. Thom ondersteunde haar. Om hen heen was de politie bezig van alles af te zetten. Ze zou vast nog heel lang moeten praten, maar dat was van later zorg.

'Ik wil de meisjes vasthouden', zei ze tegen Thom. 'Samen met jou.'

Hij knikte en sloeg zijn arm om haar middel. Ze zeiden niks. Dat kwam later.

Als haar kersverse echtgenoot tijdens de huwelijksreis spoorloos ver-
dwijnt, staat Hannah voor een raadsel.

De romantische huwelijksreis van Hannah en Koen naar Curaçao
wordt ruw verstoord als Koen tijdens het snorkelen spoorloos verdwijnt. Hannah wordt gek van angst. De plaatselijke politie loopt
niet zo hard als Hannah zou willen en ten einde raad gaat ze zelf
op onderzoek uit. Die zoektocht brengt onaangename waarheden
aan het licht. Als Hannah zelfs voor haar eigen leven moet vrezen,
wordt ze geconfronteerd met de vraag of ze Koen wel zo goed kent
als ze denkt.

'Een heerlijk spannend boek voor een paar uurtjes leesplezier bij
het zwembad. Zo zit je uiteindelijk toch weer op het puntje van je
strandstoel!' – **VROUWENTHRILLERS.NL**

Blue Curaçao – Linda van Rijn
256 pagina's, paperback
ISBN 978 94 6068 138 7
€ 10,-

Anne geniet volop van haar relaxte leven als makelaar aan de Spaanse Costa. Een gruwelijke vondst zet alles op zijn kop...

Anne Verhulst geniet met volle teugen van haar leven in Spanje, waar ze werkt op een makelaars- en verhuurkantoor van luxe vakantievilla's. Het warme klimaat, de zon, de zee en natuurlijk Daniel maken haar leven perfect. Haar Spaanse vriend overlaadt haar met passie, aandacht en de meest uitbundige cadeaus. Hij is een schril contrast met haar nieuwe baas, de zoon van Henk Bleiswijk, die het kantoor van zijn vader heeft overgenomen. Als Anne op een dag de gehandicapte dochter van haar voormalige baas in een van de villa's vindt, vastgebonden en onder het bloed, is het over met haar zorgeloze leventje. De misselijke actie lijkt een waarschuwing te zijn, maar waarvoor? Als ook het kantoor overhoop wordt gehaald en Anne merkt dat ze wordt gevolgd, wordt ze echt bang. Waarom hebben de criminelen het juist op haar voorzien?

Viva España
Paperback, 256 pagina's
ISBN 978 94 6068 123 3
€ 15,-

*Vier vriendinnen genieten van een skivakantie in Kirchberg. De
moord op een van hen stelt de politie voor een raadsel.*

De vriendinnen Karen, Chantal en Isa arriveren op zaterdag in Kirchberg, Annemieke moet nog werken en kan pas een paar dagen later aansluiten. De vakantie begint heel genoeglijk. De vriendinnen
hebben de kans écht bij te praten, wat er in het drukke dagelijks leven vaak bij in schiet, en het is prachtig weer om te skiën. Er lijkt geen
vuiltje aan de lucht. Maar de gezellige skivakantie neemt een onverwachte wending een van de vriendinnen als zonder aanwijsbare reden een gewelddadige dood sterft.
Rechercheur Günter Wolfsberg van de politie in Kirchberg start
een onderzoek. Hij verhoort alle verdachten en komt erachter dat
onder het oppervlak van de vriendschap tussen de vriendinnen de
nodige spanningen schuilgaan. De uitkomsten van de verhoren wijzen in één richting. Maar sommige mensen lijken wel erg graag de
schuld te willen afschuiven...

Winter Chalet – Linda van Rijn
Paperback, 288 pagina's
ISBN 978 94 6068 085 4
€ 15,-

Op de lastminutevakantie in Hurghada loopt Suzanne haar ex-vriend tegen het lijf. Liever had ze hem nooit meer gezien...

Vijf jaar zijn Susan Waterberg en haar man Hugo getrouwd en gelukkig in Almere. Die mijlpaal wil Susan niet onopgemerkt voorbij laten gaan. Ze regelt haar schoonouders als oppas voor hun zoontje Stijn van drie en boekt een lastminutevakantie naar Hurghada. Voor Hugo is de trip een grote verrassing, zeker omdat hij zijn padi (duikbrevet) pas een jaar heeft. Nu kan hij eindelijk 'echt' gaan duiken. Hoewel het afscheid van Stijntje hun beiden zwaar valt, verheugen ze zich op een onbezorgde zonvakantie. Als ze op de duikschool inchecken krijgt Susan de schrik van haar leven. De duikinstructeur is een 'oude bekende' en confronteert haar met een gebeurtenis die ze altijd voor Hugo heeft verzwegen. De zorgeloze strandvakantie die Susan voor ogen had, verandert in een web van leugens en chantage. Om haar gezin te redden, zal ze definitief moeten afrekenen met haar verleden.

Last Minute – Linda van Rijn
224 pagina's, paperback
ISBN 978 94 6068 075 5
€ 5,-

Tijdens een skivakantie in Kirchberg verdwijnt de kleine Marius.
De politie staat voor een raadsel...

LINDA VAN RIJN

PISTE
ALARM

LITERAIRE THRILLER

M
marmer

Tijdens een skivakantie in Kirchberg verdwijnt de kleine Marius. De politie staat voor een raadsel...

De skivakantie van Renske en Sven Donkervoort in het Oostenrijkse Kirchberg slaat om in een nachtmerrie als hun vierjarige zoon Marius tijdens de skiles verdwijnt. Een grote zoekactie levert niets op en de politie staat voor een raadsel.

De verdwijning vertoont opvallend veel gelijkenissen met een nooit opgeloste zaak van twintig jaar geleden. Het spoor leidt de politie naar een oude bekende. Maar dan werpen een onverwachte bekentenis en een schokkende vondst een heel ander licht op de zaak.

'Met dit boek schaart de schrijfster zich in de rij van Esther Verhoef, Saskia Noort, Marion Pauw e.a. (...) Spannend tot aan de ontknoping. Deze aanwinst in het genre zou zo maar verfilmd kunnen worden.' – **NBD BIBLION**

'Piste Alarm is een echte vrouwenthriller, geschreven in een vlotte stijl en vol emoties. En tegen het einde zelfs superspannend!' – **CRIMEZONE.NL**

'Piste Alarm is een lekkere vakantiethriller die leest als een trein, met een spannend einde.' – **VROUWENTHRILLERS.NL**

Piste Alarm – Linda van Rijn
Paperback, 288 pagina's
ISBN 978 94 6068 097 7
€ 10,-

Colofon

© 2012 Linda van Rijn en Uitgeverij Marmer

Redactie: Karin Dienaar
Omslagillustratie: Platform, Getty Images
Omslagontwerp: Riesenkind
Zetwerk: V3-Services
Druk: GGP Media GmbH

Eerste druk juli 2012
Vierde druk juni 2013

ISBN   978 94 6068 104 2
E-ISBN   978 94 6068 950 5
NUR   305

Uitgeverij Marmer BV
De Botter 1
3742 GA BAARN
T: +31 649881429
I: www.uitgeverijmarmer.nl
E: info@uitgeverijmarmer.nl

www.lindavanrijn.nl
twitter.com/lindavanrijn